KIRO

Génesis Enid Rosado Tirado

Reservados todos los derechos. No se permite la reproducción total o parcial de esta obra, ni su incorporación a un sistema informático, ni su transmisión en cualquier forma o por cualquier medio (electrónico, mecánico, fotocopia, grabación u otros) sin autorización previa y por escrito de los titulares del copyright. La infracción de dichos derechos puede constituir un delito contra la propiedad intelectual.

El contenido de esta obra es responsabilidad del autor y no refleja necesariamente las opiniones de la casa editora. Todos los textos e imágenes fueron proporcionados por el autor, quien es el único responsable sobre los derechos de los mismos.

Publicado por Ibukku
www.ibukku.com
Diseño y maquetación: Índigo Estudio Gráfico
Copyright © 2021 Génesis Enid Rosado Tirado
ISBN Paperback: 978-1-68574-058-0
ISBN eBook: 978-1-68574-059-7

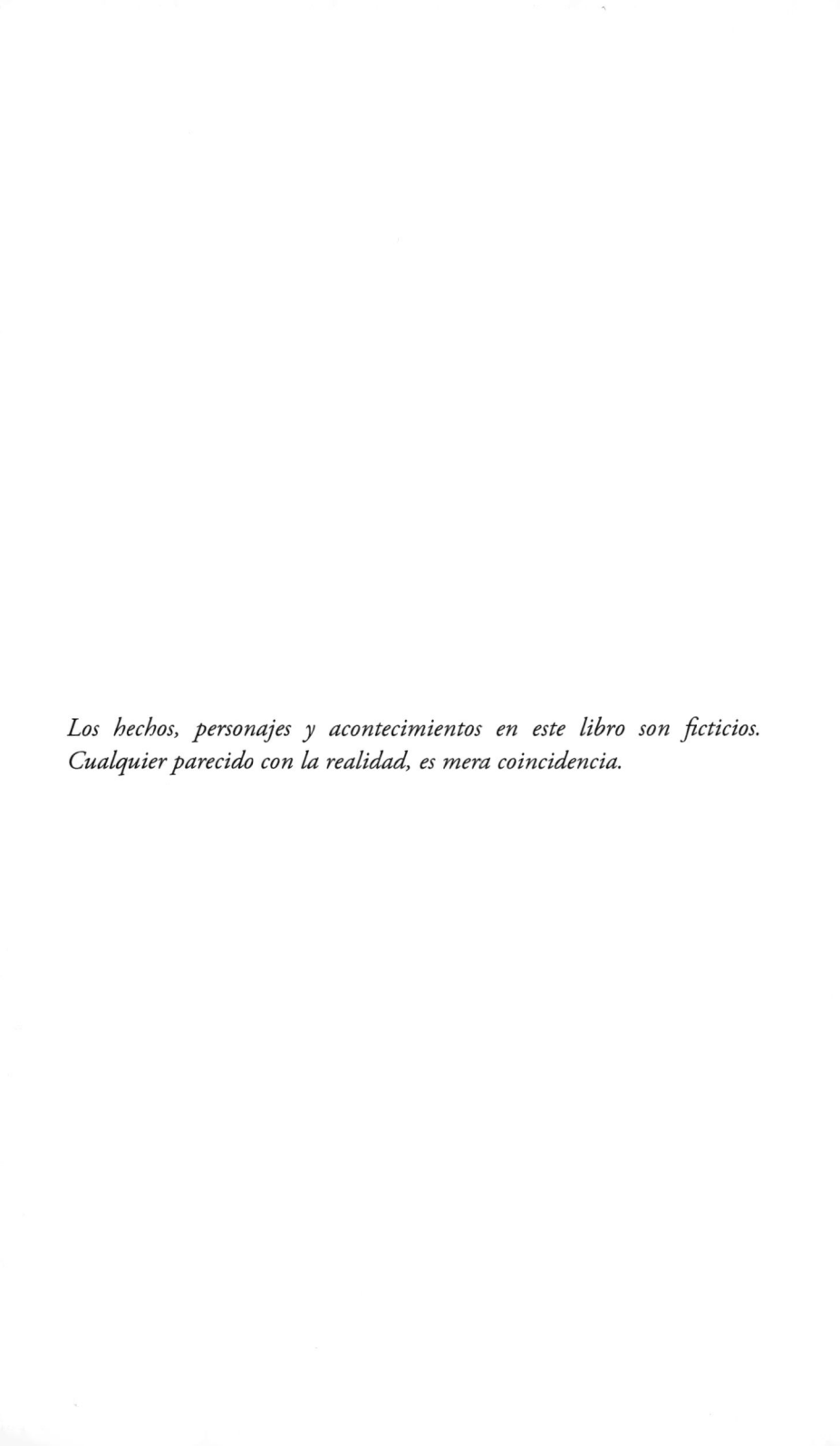

Los hechos, personajes y acontecimientos en este libro son ficticios. Cualquier parecido con la realidad, es mera coincidencia.

Dedicatoria

Dedico este libro a todo soñador, visionario y espiritualista que día a día se levanta en busca de la verdad, en busca de alcanzar una meta, un sueño, una misión a ciegas, una guía, un camino.

Todos andamos en busca de nuestro verdadero propósito.

Agradecimiento

A ti, mamá, *Madre Luna*, mi apoyo incondicional y amor eterno, la que me ha ayudado durante mi vida.

A ti, abuela Gelín, ¡¡linda, bella, adorada!!

A ti, lobo. Eres magia, magia creada solo para mí.

A ti, *Kiro*, mi amor eterno.

A ti, bruja, alma de mi alma, Cataleya.

A ti, *Aurora*, gracias siempre por estar y ser.

A ti, querida Bárbara.

A ti, querido Marlon.

¡Gracias!

Comencé la travesía de Kiro en el año 2012.
Años de mucho estudio, años de arduo trabajo.

Hay más por observar de lo que en realidad vemos.

Hay más por escuchar de lo que en realidad oímos.

Nada es lo que parece.

Vivimos en este mundo con vendas en los ojos, esas vendas no nos permiten ver la realidad del ayer, del hoy, del mañana.

-Génesis Rosado-

Prólogo

En todas las ciudades observamos lo mismo: Personas sumidas en miseria, todo tipo de miseria, miserias económicas, miserias de amor, miserias del corazón, pero también encontramos riquezas, entre ellas riquezas económicas, riquezas de amor y riquezas del corazón.

La monotonía hace que la venda en los ojos aumente su grosor, hace que cada día que pasa nuestros ojos y oídos se tapen más, evitando así que escuchemos, que observemos o nos demos cuenta del mundo real.

Mas aún existen personas capaces de ver la realidad. No todo es lo que parece, lo que nos presentan, lo que nos imponen.

Muchos años atrás el mundo ya albergaba vida: vida humana, vida animal, vida celular, VIDA. Los humanos aún estaban en la flor de su juventud. Todo comenzaba a ponerse en orden, todo tenía su lugar y su momento.

Mi mamá biológica vivía junto a mi padre, un mercader, ambos tan humildes que solo lo necesario para vivir tenían. Provenían de Dalmacia, una región en los adentros de Croacia, un área costera entre Istría y el norte de Albania, en el mar Adriático.

Mi madre no podía tener hijos, dedicó su vida al hogar mientras su esposo, mi padre, vendía cerámica en el pueblo para sobrevivir.

Un día cálido y soleado mi madre de crianza, Orealis (aunque ella no fue la que me dio luz y vida, para mí siempre será mi más grande amor), me cuenta que salió a caminar por la orilla de la playa, se sentó en la arena, cerró los ojos y comenzó a escuchar el sonido de las olas, el vaivén del viento.

El mar lleva consigo un olor peculiar, mágico, sanador y cumplidor.

—Quiero ser madre. —Comenzó a llorar y sus lágrimas cayeron en las olas que llenaban la orilla y que a sus pies abrazaban.

Esa noche mi madre soñó que un hombre alto, de tez rojiza, la visitó y le dijo que en nueve meses tendría en sus manos a una niña. El hombre le explicó que esa niña no sería común, le explicó que poseería unas cualidades únicas en ella y que sería la clave para la salvación del planeta Tierra, de la humanidad.

La niña provenía de una raza oculta la cual nadie conocía.

— La niña deberá llevar por nombre *"Kiro"* —dijo el hombre—; significa luz.

Mi historia sorprenderá.

I.

Nací en el año 1503. Me llamo Kiro, soy de piel blanca, mi cabello me llega al final de la espalda y mis ojos los comparan con el negro carbón.

Casi siempre me encuentro riendo. Siento que la vida se basa en momentos, unos buenos, otros no tan buenos, lo importante es disfrutar cada uno de ellos y convertirlos en experiencias, en aprendizaje, modificar día a día. Siempre debo tener presente que mi corazón debe estar lleno de amor incondicional, no debo esperar nada de nadie, solo amar.

Puedo pasar mi día leyendo, leyendo sobre todo tipo de temas. Ahora me apasionan los libros e historias que hablan sobre criaturas supremas que vienen a la tierra a ayudar a la humanidad en su evolución. Amo los cuentos de brujas, licántropos y leyendas sobre sirenas, dioses del olimpo, mitología y amor.

—Mamá, ¿me podrías contar nuevamente mi historia?

—Claro que sí, Kiro. Ven, siéntate junto a mí.

Me gustaba sentarme entre las piernas de mi mamá. Mientras ella me contaba mi historia, me trenzaba el cabello. Amo cada vez que sus manos acarician mi cabello, siento mucha tranquilidad. Su voz me da tranquilidad, no importa cómo me sienta, ella me hace sentir mejor.

—Naciste en el año 1503, en noviembre 19.

Tu madre, Orión, murió al dar a luz.

En ese momento me tenía a su lado como comadrona, hice todo lo posible para ayudarla a sobrevivir. Tu madre decidió salvar tu vida antes que la de ella. Fue un proceso complicado. Tu padre, al enterarse de su fallecimiento, desapareció. No se supo de su paradero, nadie más lo volvió a ver, nadie más supo de él, fue como si en algún lugar la tierra se hubiera abierto y se lo hubiera tragado.

Entonces, yo me hice cargo de ti. No tenías a nadie más, estabas solita, recién nacida, hermosa como un rayito de luna. No pude hacer nada para ayudarla, Kiro. Ella solo repetía: *"Sálvala. Salva a Kiro. Sálvala"*. Ahí supe que serías la hija que anhelé.

Mi mamá tiene 57 años. Su piel es blanca, su pelo es negro azabache y sus ojos color café. Fue testigo único y absoluto de mi llegada a este mundo, asistiendo a mi madre biológica durante el parto. Provenía de España, era una gitana muy sabia. Su más preciado don: la adivinación. Ella ha dedicado muchos años a mi educación. Sus anécdotas de cuando vivía en España son inigualables.

—Esa noche llovía, había un eclipse lunar y yo te llevé conmigo —continuó—. Noté que sonreías cuando te cantaba. Siempre supe que serías muy especial.

—Mamá, ¿sabes que te amo?

—Y yo a ti, mi niña.

Suelo tener sueños, muchos sueños. Sueños en donde me aventuro por lugares nunca vistos por mis ojos, o al menos no que yo recuerde. Pueden ser recuerdos de otros mundos, otras vidas, otras historias. Mis sueños, muchas veces, suelen ser premoniciones.

Hay un sueño en particular en el cual una mujer de color azul me mira muy sonriente, fijamente, y me dice que pronto será la hora. Casi siempre puedo descifrar lo que significan mis sueños, pero este en particular no lo he podido descifrar aún.

—Mamá, anoche soñé que estaba en un puerto. Muchas personas iban a embarcar un velero, un velero muy grande, pero yo no. Yo solo andaba en el puerto apreciando las olas del mar y las nubes. El cielo estaba estrellado, pero aún no había caído la noche. Estaba apenas comenzando el crepúsculo, las nubes se movían en contra de la rotación de la tierra, el cielo se movía hacia la derecha y las nubes hacia la izquierda. Se acercó a mí un hombre, era mulato, llevaba puesta una camisa negra, un pantalón negro y su cabello era oscuro. Este hombre no me dijo su nombre.

—¿Sabes quién era, hija?

—El hombre me dijo que era un mago y que me iba a mostrar tres actos de magia. De los tres actos, solo recuerdo uno.

—¿Qué pasó entonces? —preguntó mi madre con mucho interés. Ella sabe sobre mis sueños y que siempre llevan consigo un significado.

—El mago abrió un pequeño envase, muy pequeño. Era un envase circular y trasparente, similar a aquellos que los científicos reconocidos utilizan cuando van a realizar experimentos. Adentro del envase había un líquido color violeta. El mago acercó a mí el envase y me pidió que identificara su aroma. Olí, observé, intenté descifrar su aroma, estiré la mano y le devolví el frasco. El mago desapareció y no lo vi más, no sé a dónde fue. Seguí caminando por el puerto. Yo llevaba una falda negra larga que danzaba con mi caminar. Llevaba una camisa blanca y mi cabello se movía con el viento.

—¿Qué crees que signifique tu sueño, hija?

—Aún no termino de contarte, mamá. Una vez que salgo del puerto me percato de que mi nariz se siente obstruida, se me hacía un poco dificultoso inhalar. Cuando me toco la nariz siento que algo está saliendo de uno de los orificios de ella, ¡era una oruga de mariposa! Me sentí desesperada, rápido la saqué y la tiré al suelo. Regresé al puerto en busca del mago para preguntarle qué me había hecho y por qué. Me di cuenta de que esto era consecuencia del frasco y su contenido, esto sucedió cuando intenté descifrar el aroma. Continué buscando al mago, hasta que lo vi. Estaba muy sonriente, caminando por el puerto. Me dirigí rápido hacia él en busca de una respuesta inmediata a lo que había sucedido. Continuaba sonriendo mientras me observaba fijamente, y me dijo: "Calma, Kiro. Es solo magia". En ese momento desperté.

—¿Conoces el significado de ese sueño?

—Tengo una idea. Cuando vemos a un mago en nuestros sueños, en especial si este está llevando a cabo un acto de magia o algún espectáculo, puede significar varias cosas. En mi caso, el espectáculo era solo para mí. Según entiendo, significa la aspiración a nuevos descubrimientos científicos y espirituales. Es el deseo de conocer más, mucho más de lo que actualmente sabemos. Interés por lo desconocido, por lo oculto, por el más allá, por la vida y por la muerte.

No es muy difícil de creer. Siempre he sentido la necesidad de conocer más allá de los misterios de la existencia, el deseo del reconocimiento por dichos descubrimientos grandiosos.

—La oruga de mariposa simboliza transformaciones, cambios y nuevos comienzos —continué—. Suena todo muy interesante, ¿verdad mamá?

—Kiro, quiero contarte algo. Una vez escuches todo, comprenderás muchas cosas vistas en tus sueños, cosas que aún no has podido comprender. —Mi mamá suspiró y me miró fijamente a los ojos. Yo sentía mi corazón acelerado—. Tú no fuiste engendrada por tu padre. Tu madre no podía quedar embarazada, tenía una malformación en su matriz. Tu padre era un comerciante de escasos recursos, muy honrado y respetado por todos. Tu madre se dedicaba al hogar. Un día, sin tu papá saberlo, tu madre salió a caminar por el bosque, anhelando un milagro. Su mayor anhelo era ser madre, poder dar luz y vida, poder observar la sonrisa de un crío que llenara sus días de esperanza, amor y felicidad. Su corazón vivía entristecido por no poder ver realizado su mayor deseo. Esa noche, tu mamá tuvo un sueño. Al igual que tú, sus sueños eran palabra a sus oídos. Ese perfecto don te lo heredó ella.

Mis ojos se llenaron de lágrimas, en mi garganta se formó un nudo y en mi mente mucha confusión.

—Sabes que te amo, Kiro. Es importante que sepas la verdad, ya es tiempo. —Mi mamá continuó explicando—. Tu mamá me describió este sueño: *"Me encontraba rodeada de árboles, muchos árboles. La brisa del viento se sentía fresca, mis pulmones se llenaban de oxígeno puro. Cerré los ojos y decidí disfrutar del sonido de las hojas chocando entre sí. Al abrirlos, veo un camino y en el camino un hombre. El hombre era alto, musculoso, cabello largo y negro. Me acerqué a él y le pedí que se identificara, me dijo que su nombre era Príapo y que en nueve meses daría a luz".* Príapo es conocido como el dios griego de la fertilidad. Orión continuó contándome su sueño: *"Príapo me dijo que fue enviado a mí por los Hermes Ingenui, los mensajeros de las fronteras, de los oradores, del que pide. Son aquellos sabios seres de luz que escuchan y conceden los deseos a los limpios de alma y corazón".*

Me sentía intrigada, quería saber más. Sentía que poco a poco iba entendiendo por qué siempre me había sentido diferente.

—¿Qué pasó esa noche, mamá? —pregunté.

—Príapo le explicó a Orión esa noche que llevaría en su vientre a un ser proveniente de una raza inteligente superior a la humana, una raza oculta por razones grandes, existente en una parte del mundo que no se ha conocido aún. Él le explicó que esa criatura debía llevar el nombre de Kiro y que sería la salvación de esa raza, la puerta y la llave para introducirlos al mundo actual y ayudar a la humanidad en su evolución, la salvación del planeta Tierra y la creación de un nuevo comienzo.

—Mamá, sabes que nunca me he sentido igual que los demás. Siempre sola, sola con mis pensamientos.

Me sentía sorprendida, aturdida. No podía controlar mis sentimientos. ¿Yo? ¿Cómo que yo? ¿Salvar su raza? No entendía, me costaba creerlo. Mis ojos se llenaban de lágrimas, solo quería pensar, solo eso, pensar.

—Sé que es tiempo, por eso quise decirte la verdad. El destino para muchas personas está escrito, predeterminado. Muchas veces viene con varios caminos, pero siempre ya escrito. Para otras personas solo existe un camino y tú eres una de ellas. A veces nos cuesta creer que ciertas historias de fantasía pueden provenir de acontecimientos reales. Tú estás marcada, predestinada a llevar a cabo eventos grandes. Pronto se te mostrará el camino a una travesía que ha de comenzar. Tendrás que seguir tus corazonadas, tu instinto, tu intuición. Siempre, no lo olvides, siempre llegarán a ti las herramientas necesarias para saber qué decisión tomar y qué debes hacer. Tú no estás sola, siempre han estado contigo, inclusive *desde antes de nacer*.

La abracé, abracé a mi mamá muy fuerte.

—Acuéstate y descansa —me dijo. Besó mi frente mientras sus manos cálidas sostenían mi rostro, cerré los ojos al recibir su beso y luego me retiré.

Mamá se dirigió hacia la cocina, pequeña, pero ahí siempre ha preparado el mejor café, con un aroma mágico, y el pan del día. Nunca nos ha faltado alimento, nunca hemos carecido de lo necesario. Siempre todo ha estado en orden, limpio. El ambiente siempre es armonioso. Al lado de la cocina tenemos dos camas, siempre tendidas. Cada ventana de la casa tiene cortinas color verde monte, en las mañanas el sol entra y alumbra nuestro hogar.

La observo hacer un rico café, probarlo, oler el rico aroma y tomar otro sorbo.

Yo salí de la casa. Quise pensar, ver el cielo, las estrellas, la luna. Desde que tengo noción del tiempo, amo ver la luna y las estrellas. Amo la noche. Mientras observo, pienso, viajo en el tiempo, medito, escucho.

"¿Hermes Ingenui?", pensé.

Luego de un pequeño rato de meditación, me dirigí hacia adentro. Mamá estaba sentada en la cama, se preparaba para ir a dormir.

—Me gustaría saber más sobre los Hermes Ingenui. —Me senté en mi cama en espera de su respuesta.

—Son los cuatro seres habitantes del mundo oculto, son parte de la alta jerarquía, mensajeros. A cada uno lo distingue un don único y especial. Visten con túnicas largas.

Menthe, el más antiguo de todos, lleva una túnica azul cielo. Su piel es blanca, es de barba y cabello largo, del color de la nieve, y tiene ojos negros. Su don: Visión. Él se encarga de ver todo, a todos. Puede ver el futuro.

Higía es la única mujer de los Hermes Ingenui, es de piel blanca, cabello largo, negro. Sus ojos son tan verdes como la esmeralda. Lleva una túnica larga, dorada. Su don: Sanación. Higía es considerada médico, curandera, sanadora.

Ágape lleva una túnica roja. Es de piel oscura, sus ojos son color café y su cabello es negro, lo lleva corto. Su don: El amor. Él es el que hace posible que las flores florezcan, que las aves vuelen y canten, que los niños rían. Ágape hace que todo sea posible a través del amor, una de las energías más pura y poderosa de todo el universo.

Mammón es el más temido, suele complicar las cosas. Para poder llegar a él debes saber manejarlo, debes entenderlo y saber que no se puede abusar de su confianza. Su ayuda se solicita de ser completamente necesaria. Su don: El perdón. Viste una túnica verde, su piel es negra, un dios de belleza perfecta.

—¿Cómo conoces cada detalle sobre ellos, mamá?

—Ellos se me han presentado, los he observado. Ellos me han hablado, me han dirigido, me han guiado.

—Pero, me dijiste que ellos están ocultos, que se encuentran en el mundo escondido.

—Cada noche, mientras tú duermes, ellos vienen y velan por ti. No dejan de mirarte, de observarte. Una noche, mientras te observaban, Menthe repetía: "Muchos la cuidan, muchos la quieren, muchos la ayudan y guían".

—Gracias por haberme contado la verdad. He pasado mucho tiempo de mi vida sintiéndome diferente, preguntándome por qué la humanidad quiere solucionar todos sus conflictos y situaciones con violencia, poniendo sus intereses ante todos en vez de siempre optar por ponerse en el lugar del otro y analizar: *"¿Cómo me sentiría yo en su lugar?"*.

Esa noche esperé a que mamá se durmiera. Sabía que, si era cierto que el momento de poder cumplir mi propósito había llegado, necesitaba irme ahora. Me aseguré de que estuviera completamente dormida, llené un bolso con un envase de agua, pan y una frisa, y me marché.

No quise despedirme. No puedo arriesgar su vida al llevarla conmigo, no sé a qué me voy a enfrentar, ni siquiera sé hacia dónde dirigirme. Me duele el pecho, siento ganas de llorar sin consuelo. ¿Por qué yo?

Seguí corriendo a toda prisa; mientras sollozaba, pensaba.

Me dirigí hacia un pequeño establo que se encontraba cerca de mi casa, entré y me dirigí hacia los caballos. Rápido monté uno de ellos y me alejé cabalgando.

"Tengo que ir en busca de la verdad, del más allá, de mi misión, de lo oculto. Necesito saber con certeza de dónde provengo y cumplir mi propósito en este mundo".

Seguí cabalgando durante lo que parecían haber sido horas, no sabía qué camino escoger. No sabía hacia dónde dirigirme, no podía parar de llorar. Qué difícil decisión. Me detuve un momento para tomarme el tiempo de observar mis alrededores, alcancé a ver un bosque que se situaba en las afueras de la ciudad y me dirigí hacia allá. Al llegar, comencé a notar variedades de árboles con frutos. Decidí detenerme un rato y descansar, preparar más suplidos para el viaje. En mi bolso guardé frutos que había colectado del suelo.

Observé el bolso, recordé cuando lo había bordado con mamá, en ese entonces yo tenía doce años.

"Estoy bastante preparada. Tengo frutos para alimentarme, agua para hidratarme y una frisa para protegerme del frío en las noches", pensé.

Me quedé un rato pensando. Observé el caballo que había tomado prestado, negro, su cabellera brillosa.

—Eres hermoso, ¿sabes? Un chico bueno. De ahora en adelante serás mi acompañante fiel. ¿Tienes un nombre? A ver, me gusta Mercurio… suena poderoso, como tú, Mercurio.

Mercurio se encontraba comiendo grama tranquilamente. La noche estaba fresca, me sentía tranquila y confiada, pero a la misma vez no. Es difícil poder determinar qué hacer en mi posición. No pedí nada de esto.

—Mi madre me enseñó desde pequeña que existen dos tipos de animales: los racionales y los irracionales. Tú pareces más racional que muchas personas que conocí en el pueblo. Ella me decía que los animales escuchan, piensan, entienden, aman, sufren. Todo se refleja en su mirada, sus ojos reflejan sus sentimientos y estados de ánimo actuales. Con tan solo mirarme, es como si esa energía saliera de sus ojos y entrara por los míos, pudiendo descifrar así sus pensamientos —le comenté a Mercurio mientras acariciaba su crin.

Me senté a comer y al cabo de un ratito, me quedé dormida.

Me despertó la luz del sol, parecía ser temprano.

—Buenos días, Mercurio. Vamos a comenzar nuestro viaje.

Agarré mi bolso, me subí a Mercurio y comencé a cabalgar hacia arriba de una montaña. Podía escuchar el sonido de un riachuelo, seguí el sonido hasta que lo vi. El agua estaba cristalina.

Procedí a amarrar a Mercurio de un árbol y rápido me desnudé. Coloqué mi falda y mi camisa negra encima de una piedra y entré a tomar un baño.

Estuve un rato disfrutando del agua. Cuentan las leyendas que el agua es un elemento mágico, en muchas tribus es considerada una deidad. El agua limpia, purifica, sana, libera.

Mientras nadaba, pensaba. Pensaba en mi mamá, ya la extrañaba demasiado, quería llorar. Ella siempre ha sido mi apoyo, mi soporte, mi protectora, y tuve que dejarla. *"Sé que es por el bien de todos, voy a lograr encontrar mi destino y luego, nos volveremos a ver"*, pensé.

Tomé un poco de agua y caminé hacia mi ropa. Me vestí rápidamente observando alrededor y analizando hacia dónde dirigirme. Mercurio también bebió agua y luego nos marchamos.

Cabalgamos montaña abajo. Captó mi atención una pequeña tienda que hacía esquina, me dirigí hacia ella y una vez que estaba cerca, amarré a Mercurio en una palmera que estaba a mano derecha de la entrada.

Una vez dentro, identifiqué que había un anciano sentado. Sostenía en su mano un tabaco. El anciano olía el tabaco mientras lo sostenía de la manera más fina.

La tiendita parecía ser de venta de lana.

—Buen día —dijo el anciano mercader—Recordar es vivir, es transportarnos a distintas etapas de nuestras vidas en donde realmente fuimos felices, momentos vividos que no van a regresar jamás. Es como viajo en el tiempo.

Me quedé unos segundos pensando en sus palabras. Nunca lo había visto de esa manera.

—Buen día para usted, buen hombre. Me gustaría saber qué pueblo es este.

Me sentía un poco desorientada, no conocía muy bien el área. Tuve la esperanza de que el viejo mercader me pudiera ayudar.

—Estás en Zadar —aseguró él.

—Mi nombre es Kiro, llegué cabalgando desde Dalmacia. ¿Qué hora es?

—Aproximadamente las siete de la mañana. Siempre déjese llevar por la ubicación del sol para saberlo. Esta es mi tienda, tengo unas ovejas y su producto es el que vendo.

El hombre tenía en su tienda frisas, almohadones, camisones, pantalones, zapatillas; en fin, un sinnúmero de mercancía de lana.

—Muchas gracias. ¿Hacia qué dirección queda el puerto más cercano? —le pregunté.

—Hacia el suroeste. Si tienes algo de suerte, esta noche sale un barco de pesca. Se dirige hacia la costa de Italia —aseguró el mercader.

—Gracias, buen hombre.

El mercader me miró fijamente a los ojos mientras inhalaba humo de su tabaco.

—Tu luz irradia poder —exclamó con mucha seguridad.

"¿Cómo sabrá él ciertas cosas? Parece ser muy sabio", pensé.

—Gracias, buen hombre.

Caminé hacia afuera, monté a mi caballo y seguí mi camino.

De camino al puerto observaba el paisaje. El día estaba hermoso, el sol comenzaba a sentirse más. Mi cabello largo, negro azabache, danzaba con el viento mientras Mercurio corría. En dos ocasiones nos detuvimos en ciertos lugares a descansar un poco, alimentarnos e hidratarnos. Un largo tiempo transcurrió antes de llegar al puerto.

Supe que había llegado al ver el barco. Continué acercándome, aún montada en Mercurio. Alcancé a ver a tres hombres y dos mujeres. Dos de los hombres eran altos, robustos y barbudos, ambos tenían el cabello negro, corto y eran de piel canela. El otro era blanco, su cabello dorado y sus ojos azules. Las damas, en cambio, ambas eran rubias como el sol, delgadas y blancas. Una de las mujeres llevaba en sus brazos un niño.

Procedo a bajarme de Mercurio y me acerco a ellos.

—Hola, mi nombre es Kiro. Necesito cruzar el mar Adriático hasta llegar a la costa de Bari en Italia. Provengo de Dalmacia.

—Nosotros somos pescadores. Yo soy Esteban, él es mi hermano Andrés y él es mi hermano Emilio —me contestó señalando al del cabello dorado—. Ella es Sabina, mi esposa, y mi hijo. Ella es Juliana, la esposa de Emilio. Vamos de camino a Italia a dejarlos por unos días, luego nos iremos en busca de una buena pesca— continuó Esteban.

—¿Habrá espacio para Mercurio y para mí? —pregunté, sintiéndome bastante confiada de que recibiría la ayuda que necesitaba para cruzar.

—Sí, tenemos espacio suficiente —contestó Andrés antes que los demás.

—En este bolso traigo alimento para Mercurio y para mí, suficiente para mantenernos durante el viaje —contesté muy agradecida, queriendo asegurarles que no seríamos un estorbo.

—No te preocupes por eso, tenemos suficiente para todos. Somos muy buenos pescadores —contestó Andrés mientras me miraba. En su boca se dibujaba una sonrisa.

—Partimos en varios minutos, ya va a anochecer —expresó Esteban mientras sostenía unas redes de pesca en sus manos.

Mientras esperaba que todos culminaran sus preparativos para el viaje, me senté en la orilla del mar a pensar y observar el hermoso anochecer. Cerré mis ojos e inhalé profundamente. Qué rico aroma. El mar, que poderoso es el mar.

A mi pensamiento llegó la imagen de la mujer que veía en mis sueños, estaba sonriente: *"Debes continuar como lo estás haciendo hasta ahora, Kiro. No estás sola, muchos estamos contigo acompañándote, cuidándote y guiándote. Aunque no nos puedas ver, estamos contigo.*

Escucha mis palabras, en tu camino conocerás a tres hombres. No temas, están en tu destino".

Abrí mis ojos rápidamente. *"Andrés, Esteban y Emilio"*, pensé. "Deben ser ellos, no es pura coincidencia que se dirijan exactamente hacia donde yo tengo que llegar: Italia".

Comencé a sentirme un poco más segura, estaba muy agradecida por haber recibido una maravillosa señal.

Debo admitir que no entiendo lo que debo hacer, me estoy dejando llevar por el corazón.

II.

—¡Mercurio! —exclamé preocupada.

Mercurio estaba intranquilo, el viaje al parecer no fue de su agrado.

Yo sostenía a Mercurio de las riendas mientras bajábamos del barco. Ya habíamos llegado a Italia, el viaje había sido agradable, disfrutamos de buenas conversaciones y el mar se mantuvo sereno.

Ya había caído la noche.

—¡Pisando tierra! —gritó Esteban al bajar del barco.

Era una noche fresca, el ambiente se sentía majestuoso. Las casas tenían una fachada sencilla, había trapos tendidos en las ventanas y balcones. Se veían varios niños corriendo en las afueras del vecindario.

Era un ambiente totalmente distinto, un lugar nuevo, aventuras nuevas. Me sentía feliz.

Sentía en mi corazón que mi vida poco a poco iba cambiando, iba tomando forma. Seguí por un rato observando a la gente, escuchando sus risas y viéndola disfrutar entre sí.

Por un momento olvidé a mis compañeros y volteé la mirada hacia el barco. Sentí que mi cuerpo se congeló; se habían marchado.

—¡Oigan! —les grité mientras les hacía señas con ambas manos.

No entiendo, ¿no se supone que iban a ser parte de mi destino? ¿Por qué entonces se fueron y ni siquiera pude darles las gracias?

Una de las damas se acercó a mi al ver mi expresión:

—Ellos salieron de pesca, ya estamos llegando al nivel de tener que recargar nuestro suministro. Usualmente, ellos nos dejan en un puerto y se van, una vez que han pescado lo necesario regresan por nosotras y vamos viajando en busca de ventas. Se me hace difícil, por nuestro crío, estar tantos días en el mar. Juliana me acompaña, nos apoyamos mutuamente y me asiste con el niño —me explicó Sabina de la manera más cortés y sincera.

—Sí, sabía que ellos las dejarían aquí, solo que no pensé que se irían tan repentinamente. Quería agradecerles por haberme ayudado a llegar hasta aquí —le contesté sintiéndome un poco avergonzada. No quería incomodarlas—. Agradezco a ustedes por su hospitalidad. Debo continuar mi camino.

Les di un abrazo a cada dama y al niño, y seguí. Al montarme en Mercurio y alejarme, observé cómo ambas mujeres se alejaban hacia su destino.

Mis ojos se llenaron de lágrimas. *"Otra vez me quedé sola. ¿Y ahora qué?"*.

Seguí cabalgando, llegué a Bari, Puglia. Continué mi camino por varias semanas haciendo paradas para descansar y bañarme en ríos cercanos, pasé por Altamera, Potenzo, hasta llegar a Basilicata. Al llegar, sentí la terrible necesidad de llorar. Una vez más, me senté a pensar.

—He cabalgado, he viajado, he intentado continuar siguiendo mi corazón. Aun así, sigo sin saber qué hacer exactamente. Me siento sola, desesperada. No sé hacia dónde voy o a quién acudir en busca de ayuda y, en caso de conocer a alguien, ¿qué les voy a decir? "Hola, me llamo Kiro y estoy en busca de poder descifrar los misterios de la vida y la muerte, el principio y el fin. ¿Han visto la civilización oculta y a sus habitantes?".

Me encontré hablándole a Mercurio mientras él comía yerba del hermoso valle donde estábamos. Ese día el sol brillaba muy fuerte.

—¡Mis hijos! —gritó una mujer cerca—. ¡Mis hijos! Me los han robado —volvió a gritar—. ¡No los encuentro, ayúdame! —Esta vez se dirigió a mí en busca de ayuda.

Rápido me sequé las lágrimas y me dirigí hacia ella.

La mujer era de piel negra, su cabello muy rizo, negro. Llevaba puesto un vestido largo, color azul cielo, unas medias cortitas con un bordadito blanco y zapatos negros. Su sombrero combinaba con su vestido. Parecía ser de clase alta.

—¿Qué le sucedió, señora? —le pregunté mientras le sostenía ambas manos.

—No sé qué pasó. Mis hijos estaban junto a mí, entré brevemente a esa tienda de vestidos y de repente, no los encontré —me contestó mientras señalaba una pequeña tienda que hacía esquina.

—Necesito que me describas a tus niños.

—Son una niña y un niño. Ambos tienen la misma edad, son mellizos. Tienen mi color de piel. La niña lleva dos trenzas, una en cada lado. Su vestido es rosa y lleva unos zapatos blancos. El niño tiene una camisa azul cielo y un pantalón blanco, lleva zapatos negros. Ambos tienen nueve años —contestó en llanto.

Rápidamente comenzamos a buscar. Entramos a cada tienda que vimos, caminamos por todas las calles y callejones. No los encontramos.

Al mirar a la mujer, observo desilusión, tristeza, desesperación, culpabilidad.

—Lo lamento mucho. —Sostuve su mano por unos segundos. Sentí que mis pensamientos se tornaron más profundos y una vibra entró por mis ojos. Fue ahí cuando tuve una visión:

"Muchos años pasarán. Muchas vidas vivirán. No será hasta luego de cuatrocientos sesenta y seis años que encontrará a uno y cuatrocientos setenta años de encontrar al otro. El día que los vuelva a ver, sabrá con seguridad que en esta vida fue su madre y los perdió. Así los recuperará y jamás volverá a perderlos".

Solté su mano de inmediato. No podía decirle lo que había visto, no me creería y pensaría que estaba perdiendo la razón.

Me dirigí en busca de Mercurio y seguí mi camino. Cabalgué por varios días más.

Me sentía ya cansada cuando llegué al oeste de Italia, la costa de Salerno. Me bajé de mi caballo y comencé a estirarme y a beber agua.

Mientras le daba agua a Mercurio, noté a una mujer corriendo. Era muy ágil y corría a gran velocidad. Llevaba en su cara una sonrisa, algo o alguien parecía causarle gracia. Su cabello era largo, negro y rizo; su piel era blanca. Tenía los labios color rojo sangre y una línea negra bordada en sus negros ojos. Noté que llevaba puesta una camisa roja y un pañuelo en la cabeza, similar al color de sus labios. Su falda negra, larga, con una apertura en su costado derecho que exponía sus piernas, danzaba con el viento al ella correr.

Decidí seguirla sin que se diera cuenta.

La chica entró por un pequeño callejón el cual parecía no tener salida, ahí la esperaban tres hombres. Rápidamente brincó y se trepó encima de uno de ellos y lo besó. Su risa era contagiosa, hasta yo sonreí.

Observé detenidamente a cada uno. No se parecían al resto de las personas que allí habitaban, uno de ellos era blanco, alto, con pecas en sus mejillas y cabello cobrizo. Llevaba puesto un pantalón negro y una camisa blanca. A su lado se encontraba un hombre el cual también era alto, tenía el cabello dorado y era de piel blanca. Tenía un buen parecido al anterior.

El tercer hombre abrazaba a la linda chica. Sus ojos negros la observaban con gran pasión, amor, deseo e ilusión. Su piel era color caramelo, brillaba. Tenía el cabello marrón oscuro, el cual le llegaba hasta los hombros y se escondía detrás de las orejas. Era el único con aretes.

Los cuatro voltearon a verme a la misma vez.

III.

—¡Acércate, tía! —gritó la chica. Su acento era peculiar.

Me dirigí hacia ellos y rápidamente me presenté.

—¿Qué tal? Mi nombre es Kiro. Llegué aquí hace un rato. Vengo cabalgando desde…. —No había terminado de presentarme, cuando la chica me interrumpió.

—Sabemos quién eres.

Me sentí confundida, era la primera vez que los veía.

—Ha llegado el momento, ¿verdad niña? Nosotros sabemos quién eres. Desde hace mucho mis cartas me están hablando de ti. Auguran cambios, cambios que solo tú podrás realizar. Mi nombre es Aurora. ¡Venga, un abrazo! —Aurora me abrazó fuertemente—. Este es mi marido, John, alma de mi alma. Estos dos galanes son hermanos. El rubio es Mauricio, pero siempre le hemos *llamao'* Mau. El *colorao* es Jorge. Somos gitanos, venimos de España.

Sonreí. Los observé detenidamente. *"¡La vida da sorpresas y las señales siempre aparecen, siempre!"*, pensé.

—El destino me ha *hablao'* de ti, tía. Mis hombres y yo te vamos a ayudar a encontrar tu camino, eso está escrito. Nosotros somos gitanos, hemos *viajao'* el mundo. No tenemos dueños, tampoco somos dueños de nada. Somos fieles servidores de la naturaleza y del universo. Vivimos día a día siendo nómadas.

—¿Cómo saben de mí? ¿Cómo saben que soy yo esa mujer de la cual el destino hablaba? ¿Por qué me esperan? —les pregunté. Tenía muchas dudas y deseaba saber.

—Vea tía, en esta vida no existen las casualidades. Todo está escrito, inclusive antes de nacer. Antes que tu alma entrase al cuerpo humano, ya había sido orientada en su misión aquí en la tierra. Muchas personas difieren de esta realidad, piensan que uno va escribiendo su destino en la marcha y que utilizando su libre albedrío todo va cambiando. En el mundo hay muchísimas clases de personas, cada una con un pensamiento diferente, cada una la protagonista en su propio mundo.

—Me recuerdas a mi madre al hablar, la manera en cómo te expresas, tu sabiduría. Mi mamá me adoptó la misma noche en que mi madre biológica, Orión, falleció dando a luz. Ella es gitana también y me enseñó todo lo que hoy sé. Un día, me comentó que ella pasó el tiempo suficiente con mi madre, los nueve meses, como para conocerla y darse cuenta de que ambas tenían una conexión y afinidad grande.

Comencé a sentirme a gusto con Aurora, disfrutaba mucho de la conversación que sosteníamos.

"El destino nos unió", pensé

La imagen de la visión que tuve en el puerto llegó a mi cabeza. Recordé y rápido volteé mi mirada a los tres hombres.

—La ciencia va de la mano con la religión —interrumpió Aurora mis pensamientos—. Ambas son como hermanas mellizas que hablan el mismo dialecto, pero con diferentes terminologías. Aun así, no se llevan. Es un tema muy marcado, no todos lo ven así. —Aurora sostuvo mi mano por unos segundos—. Vamos a dirigirnos hacia España. Cruzaremos el mar Mediterráneo.

IV.

Habíamos viajado por varios días, acabábamos de llegar a España en busca de una verdad. Íbamos cabalgando a toda prisa adentrándonos en las montañas.

Llegamos a un lugar intermedio, un área boscosa con un río justo en el centro. Nos bajamos de los caballos y los amarramos para darles de beber y comer.

—John, quédate con Kiro y armen el campamento, descansaremos aquí esta noche. Jorge, Mau y yo iremos en busca de agua y alimento —ordenó Aurora mientras se preparaba para salir con Jorge y Mau en busca de alimento y suplidos. Luego de unos minutos, se dirigieron hacia el pueblo.

John y yo nos quedamos ambientando el área donde acamparíamos esa noche para descansar, según Aurora había indicado.

Al caer la noche los muchachos incendiaron una fogata. Ya habían regresado, muy cargados ya que lograron conseguir todo lo necesario.

Observé que John se sentó frente a la fogata y comenzó a observar el fuego. Yo decidí hacerle compañía.

—Ella es muy libre. Nosotros tres cuidamos mucho de ella —comentó John sin apartar la mirada de las llamas ardientes—. Nos conocimos cuando apenas yo tenía catorce años y ella trece, en el año 1503. Jorge, Mau y yo siempre hemos sido amigos, juntos desde muy niños. Tenemos la misma edad. Un día, en la entrada del pueblo, la

vi. Iba montada a caballo. Desde entonces, hemos sido inseparables los cuatro.

—¿Quiénes son ustedes? —pregunté. Deseaba conocer un poco la historia de mis acólitos.

—Somos servidores, como te mencionó mi hembra. Todos tenemos nuestra historia. Somos un grupo catalogado por la sociedad como bandidos, atracadores, rateros. Cada uno de nosotros tiene una especialidad distinta. No hacemos daño a nadie, solo intentamos sobrevivir —continuó John.

Me sentía tranquila, segura de mí misma, de la situación en la que me encontraba y nunca experimenté sensación alguna de temor profundo.

John continuó hablando y yo decidí seguir escuchando.

—Aurora es especialista en las cuchillas, las maneja como si fuesen miembros de su cuerpo, como si pertenecieran a su propia esencia.

Mientras él me contaba su historia, yo observaba sus expresiones, la energía que él transmitía desde lo más profundo de su ser al hablar de ella.

Aurora se encontraba a unos pasos de nosotros con Mau y Jorge, estaban hablando y riendo.

—Quizás te preguntes por qué somos unos bandidos, quizás te preguntes por qué robamos o quizás solo me escuchas. Kiro, en este mundo, las cosas deben ser de quien verdaderamente las necesita y no precisamente del dueño. Los seres humanos viven acostumbrados a que el dinero es la prioridad. Viven pensando que, antes que la familia, la salud y la felicidad, debe existir el dinero. Se inclinan a establecer como meta el alcanzar grandes sumas de este sin saber que poco a poco se van hundiendo en un abismo que todo a su paso destruye.

Es importante tener en mente que una meta a alcanzar debe ser el ver a un hijo crecer, el compartir con tus seres queridos día a día, el inclinarse a hacer el bien en todo momento sabiendo que todo lo que hagamos tiene un retorno. El dinero se va creando solo, día a día, paso a paso, sin ni siquiera tener que forzarlo. Nosotros no nacimos en un mundo justo, un mundo equitativo en el cual todos tengan el mismo derecho de comer, beber agua, vestir y tener un techo dónde descansar. Vivimos venerando y rindiendo pleitesía a varias personas de nuestra misma especie, olvidando quiénes verdaderamente somos y a qué vinimos.

Nosotros no tenemos dinero, tampoco carecemos de nada. No justifico que robar sea la mejor opción, pero juzgamos sin ponernos en los zapatos ajenos y sin preguntarnos: *¿Que llevó a esa persona a tomar esa decisión? ¿La necesidad? ¿El hambre?*

Eso sí, la vida ajena debe respetarse siempre —culminó John.

Me quedé pensando en sus palabras mientras observaba las llamas del fuego arder. *"Que hermosa vista"*, pensé.

Luego de un rato, Aurora llegó con Jorge y Mau.

—Es hora de bailar —exclamó Aurora muy feliz.

Mau, Jorge y John comenzaron a sonar sus palmas y pies. Comenzaron a emitir un sonido que hacía que todos los vellos en mi piel se erizaran. Aurora comenzó a bailar y cantar, Jorge la acompañaba en el canto. Yo me uní a ellos, me sentía muy feliz. Siempre el pensamiento de mi madre invadía mi cabeza, la extrañaba demasiado. *"Sé que ella es feliz. Sé que está consciente de que voy en busca de cumplir mi propósito"*, pensé mientras bailaba.

Después de una noche encantadora, de conversaciones y bailes, nos quedamos dormidos.

Esa noche soñé con la misma mujer de siempre, esta vez la mujer me señalaba una entrada y parado en la entrada había un hombre con rasgos indígenas, con cabello negro liso, nariz pronunciada, ojos almendrados y piel rojiza. El indígena llevaba en su mano una lanza, listo y dispuesto a perforar la piel de cualquier persona que decidiera adentrarse sin autorización. Llevaba puesto un taparrabo. Desperté.

"Una entrada…¿Una entrada de dónde y hacia dónde?", pensé.

Ya había amanecido. Mau había pasado gran parte de la noche observando los alrededores, asegurando que nadie invadiera el campamento. Se encontraba sentado en el suelo comiendo bananos. Jorge llegaba de un río cercano, limpio y refrescado. Aurora y John se encontraban juntos sentados bajo un árbol, hablando; Aurora no paraba de reír.

—¿Cómo durmió mi niña? —me preguntó Aurora al ver que ya me había despertado.

—Descansé bastante bien, aunque tuve un sueño extraño. Una mujer, la cual veo mucho en mis sueños, me señalaba una entrada.

—¿Entrada hacia dónde? —curioseaba Aurora.

—Era la entrada de una caverna, la reconozco por su peculiar estructura. La mujer me señalaba la entrada, justamente donde había parado un indio guardándola, evitando que entre alguien.

—Y, ¿cómo sabes que el indio estaba cuidando la entrada de la caverna, Kiro?

—Porque en sus manos llevaba una lanza, muy bien sujetada —contesté mientras recordaba el sueño.

—¿Crees que signifique algo? —preguntó John.

—Sí —contesté mientras me detuve a pensar. Cerré mis ojos y dejé que la información llegara a mí.

Abrí mis ojos después de unos segundos, miré fijamente a Aurora a los ojos y contesté:

—Significa que debemos encontrar esa entrada y entrar, Aurora. Lo que desconozco es la ubicación.

—¿Sabes cuántas cavernas hay en el mundo, tía? —Aurora estaba sorprendida. Yo también lo estaría, ella tenía la razón—. Hay muchas, diferentes, en distintas partes del mundo. De todas, ¿Cuál es? —continuó.

Yo suspiré.

—No lo sé aún, pero de una cosa estoy segura: Mi alma e intuición no me fallan. Estoy segura de que la encontraré.

—La encontraremos, iremos contigo, mi niña. —Aurora se acercó a mí y me abrazó.

En pocas horas, ellos se habían convertido en personas muy importantes en mi vida, en mi travesía. Una vez escuché que la amistad es transitoria, llega justamente a nuestras vidas en el momento indicado, con el propósito indicado, y una vez que se cumple su misión, llega a su fin.

—Esperemos una señal, siempre me llega una señal —le contesté mientras respondía a su abrazo.

Me dirigí a comer algo y beber agua, me aseé un poco y me cambié de atuendo. Me puse unas botas negras que me encantaban, una falda larga con colores rojo, negro y blanco, una camisa roja de manga larga y me recogí el cabello.

Luego de desmontar entre todos el campamento que armamos para descansar, preparamos los caballos, nos alejamos de aquel lugar y nos dirigimos hacia el pueblo.

Una vez llegamos al pueblo, comenzamos a adentrarnos en él. Rápidamente escuchamos los gritos de un hombre cerca:

—Por favor, ayúdenme. Ella es todo lo que tengo.

Aurora y yo corrimos de inmediato hacia el hombre. Observamos a un hombre alto, con una expresión en el rostro de desespero y llanto, halando por el brazo a una mujer de piel oscura. Él vestía una camisa marrón, pantalón azul, ambos agrietados. La mujer llevaba una blusa blanca de mangas largas, una falda larga roja y un pañuelo rojo cubriendo su cabello; aparentaba tener unos sesenta y cinco años. Parte de su cabello se escapaba del pañuelo, era color cenizo, rizo. Era una mujer de cuerpo robusto.

—Yo le dije a usted que no había remedio, ya era tarde –le expresó la mujer al hombre en un tono de voz fuerte, pero a la misma vez calmado.

—Tiene que hacer algo, mi esposa no puede morir —gritó el hombre desesperado.

El hombre le soltó el brazo y se tapó el rostro con ambas manos mientras sollozaba.

—Oiga, buen hombre, cuando usted trajo a mí a su esposa ya era tarde, no hay nada que yo pueda hacer. Si en mis manos estuviera, yo la hubiera ayudado. Su mujer está muy enferma —le explicó la mujer mientras intentaba calmarlo.

Aurora y yo nos miramos. Era evidente que atravesaban una situación difícil, complicada, lamentable.

—Señora, usted es la mejor curandera en esta ciudad. ¿Cómo no va a poder salvarla?

—Dicen que soy la mejor. Quiero que sepa usted que no todas las cosas marchan de la misma manera. Muchas veces lo que es bueno para el gato no necesariamente es bueno para el perro y viceversa. En su caso, su mujer no tiene salvación. Ya no hay tiempo. ¿Acaso observó usted su mirada vacía?

—Disculpen, yo sé que no me conocen. Quiero presentarme, mi nombre es Kiro y ella es Aurora. Quiero ayudarles. —Algo muy adentro de mí me impulsó a acercarme a ellos—. Pasábamos cerca cuando escuchamos los gritos del señor, no pude evitar escuchar todo. Pido disculpas por eso. Según escuché, su esposa, buen hombre, agoniza. Lléveme a donde ella está.

—Niña, ¿acaso no entiendes que la mujer no tiene remedio? Yo soy la mejor curandera aquí y aun con todos mis años de experiencia, no pude hacer nada. No debes venir ahora e imponerle falsas esperanzas. La mujer fue mordida por una víbora venenosa, en lo que él llegó a mí, el veneno la invadió. No responde, sus palpitaciones están muy leves. Ya casi es hora de su transición, cada vez resuella más —me explicó la señora.

Miré al hombre desesperado, tirado en el suelo llorando. Le sostuve la mano.

—Buen hombre, ¿cuál es su nombre?

—Mi nombre es Bernardo. Intenté traer a mi mujer a tiempo aquí con Doña Josefina.

—Bien, Bernardo, quiero ser de ayuda para tu mujer. Por favor, llévame a donde está ella.

Bernardo se levantó del suelo rápidamente y se dirigió a una casita blanca, al frente de donde estábamos. Entramos. Me acompañaban Aurora, Doña Josefina y Bernardo. La mujer estaba acostada encima de un colchón en el suelo. Tenía el cabello negro, liso, acomodado por encima de sus hombros hacia el frente. Sus brazos descansaban en el suelo, tenía un color de piel cobrizo y parecía estar dormida.

La observé. Algo en mí sabía que podía ayudarla, mi ser sabía que yo podía sanarla.

"Quiero ser de ayuda para esta mujer. No puedo huir jamás de mi destino, de quién soy. Muchos años desconocí quién verdaderamente soy, de dónde verdaderamente provengo, de lo que soy capaz de hacer. Quiero aceptar mis virtudes, quiero aceptar quién soy, quiero poder utilizar cualquier poder que tenga para ayudar a la humanidad mientras no intervenga en contra de las leyes universales. Soy proveniente de algún lugar diferente, fui puesta aquí por alguna razón. Todo este poder, todo lo que soy, está registrado en mis genes. Hoy acepto mi destino, acepto mi propósito. Yo, Kiro, voy en busca de la verdad, la verdad sobre quién soy".

Le pedí a Bernardo que saliera de la casa, de igual manera a Josefina. Ambos me cuestionaron enseguida y les expliqué que deseaba poder ayudar, pero que necesitaba concentrarme. Pedí que Aurora se quedara. He comenzado a creer que el mundo trabaja a base de energías, no podemos tener a nuestro lado a alguien que con un simple pensamiento interfiera sin siquiera saberlo y me atrofie la magia absoluta de la sanación. Un simple pensamiento de envidia, celo, negatividad, puede cambiar un curso, aunque sea de la manera más pequeña posible.

Ambos salieron sin cuestionar más. Aurora me miró a los ojos.

—Necesito que sostengas mis manos. Cierra los ojos, Aurora. Tú me vas a ayudar en este proceso. Necesito que te dejes llevar por mi voz —comencé. Ambas nos tomamos de las manos, arrodilladas al lado de la mujer—. Visualiza una luz azul que ilumina la habitación completa. Visualiza que esa luz es pura, de la fuente original.

El recuerdo de mi madre llegó a mi mente. Mi gran amiga, mi gran apoyo, mi consuelo. Ella siempre creyó en mí.

—Higía, tú eres sanación. Higía, tú eres salud, eres médico. Solicito tu ayuda para esta mujer que está convaleciendo debido al veneno de una víbora. Tú y yo sabemos que la víbora la atacó para defender y proteger su propia existencia, eso se llama sobrevivencia. No es la hora de partir de esta mujer, aún no. Preséntate aquí, conmigo, ayúdame en mi destino. Sé que la sanación es parte de mí y de quién soy.

Coloqué mi mano derecha encima del abdomen de la mujer, sin tocarla. Aurora continuaba con los ojos cerrados y sosteniendo mi mano izquierda.

—Aquí estamos, Kiro —escuché una voz femenina. Abrí los ojos rápidamente, no vi rastro de su figura—. Solo tú puedes oírnos, Aurora no. Ella no puede vernos ni escucharnos. Déjate llevar por mi voz —continuó Higía—. Coloca tu mano en su pecho sin tocarla, exactamente en el área torácica, justo en el corazón. Visualiza cómo parte de tu energía, aquella que emana desde lo más profundo de ti, sale de la palma de tu mano y entra por el chakra torácico. Aquí se almacena la energía pura, la vida y el amor incondicional. Visualiza cómo esa energía entra a su ser interior y lo limpia. Ni siquiera una sola célula de un cuerpo se reproduce sin el consentimiento absoluto de nuestro propio "yo". Cuatro cosas son necesarias para hacer posible esto: la mente para creer, amor para que suceda, la atracción y la confianza. Ve cómo ella se levanta. —Las palabras de Higía eran tan perfectas. Continué escuchando—: Así es como verdaderamente se concreta la sanación. Es el poder creer y confiar en que lo que estás intentando llevar a cabo se dará. Es lo que muchas personas conocen como "fe" y lo que otros conocen como "Ley de atracción". Ambos términos se inclinan a la misma energía, esa energía que atrae todo a nuestras vidas. Atráelo, créelo, observa cómo se va concretando. Llegará a tu ser, a tu espíritu, a tu vida. Tu alma está conectada con la vibración cósmica.

Poco a poco continué haciendo exactamente lo que Higía me iba explicando.

—Kiro, coloca ambas manos encima de ella, sin tocarla, y sánala.

En ese instante coloqué ambas manos encima de aquella mujer y dejé que mi instinto que guiara.

—Mujer, cada célula de tu cuerpo rejuvenece. Cada tejido y órgano de tu cuerpo rejuvenece. Menthe está aquí, en medio de mi concentración. Higía está aquí, te provee salud y vida. Ágape está aquí, representado en el gran amor que tiene tu esposo para darte. Mammón está aquí, en medio del deseo de recuperación. Despierta, ya estás sana.

Sentí cómo cada parte de mi cuerpo se estremecía con una vibración mágica. Todo lo que soy.

Abrí mis ojos.

Dirigí mi mirada hacia Aurora, observé sus ojos expresivos muy abiertos, me miraban fijamente. Levantó su mano y con su dedo índice me señaló a la mujer.

Había abierto los ojos, estaba débil y confundida. Levantó su cabeza del suelo hasta quedar sentada.

—¿Quiénes son ustedes? —preguntó con dificultad al hablar y respirar.

—Mi nombre es Kiro, vine a ayudarte. Estás muy débil, debes descansar.

—¿Dónde está mi Bernardo, mi esposo?

—Bernardo está afuera. Le diré que pase —contesté.

Sentí mucha felicidad. Aurora y yo nos levantamos del suelo y nos dirigimos hacia donde se encontraba Bernardo.

Josefina y Bernardo estaban justo afuera, ambos ansiosos. Bernardo estaba sentado en el suelo, con las piernas dobladas y su cabeza entre ellas, en cambio, Josefina se encontraba de pie caminando de un lado a otro.

—¡Oiga, Bernardo! ¡Yo le diría que Kiro le trae buenas noticias! —gritó Aurora sollozando. Tenía una sonrisa hermosa dibujada en su rostro. Corrió hacia donde estaban parados Mau, John y Jorge, debajo de un árbol muy cercano, y abrazó a su amado gitano.

—La niña lo logró, chicos. Lo logró. –Aurora reía.

Bernardo y Josefina se dirigieron rápidamente hacia adentro. Yo me fui con ellos. Bernardo lloraba y cubrió su boca con ambas manos cuando vio a su amada.

—¡Mi Julieta! ¡Mi Julieta! —Bernardo corrió hacia ella y rápido la abrazó.

Josefina estaba parada observando, sus ojos se tornaron brillosos de la emoción. Suspiró.

—Está débil. Le preparé un rico caldo con yerbas para aumentar sus defensas. Debo prepararle un brebaje para eliminar cualquier residuo que haya quedado en su cuerpo —me comentó Josefina, aún sorprendida.

Bernardo aún abrazaba y besaba a su mujer. Acto seguido, se acercó a mí.

—Niña, ¿acaso es usted un ángel? Estaré sumamente agradecido con usted. Dígame cuánto tengo que pagarle.

—Señor Bernardo, jamás cobraría por un acto de amor y buena fe. Los dones son obsequios del universo, si no me ha costado nada, ¿por qué debo lucrar con ello? No creo que la humanidad deba cobrar por aquello que no nos ha costado nada obtener. Ahora bien, entiendo que muchas personas necesitan sobrevivir y cobran, eso no se puede juzgar; en mi caso, no. —Sostuve su mano y la besé.

—Gracias. ¡Gracias! —repitió.

Dentro de mí, una enorme emoción me invadía. Por fin había entendido la importancia de dejarme llevar por mi intuición. Había comprendido el valioso regalo de "Creer". Todo es posible. Vamos creando mientras hablamos, el único requisito es creer.

—Me despido, buen hombre; buena mujer, Josefina. Hasta la próxima vida.

Salí a encontrarme con mis amigos, me esperaban afuera. Al verlos, todos tenían en sus rostros una sonrisa dibujada. Comenzaron a aplaudir.

—¡Nooo! No es necesario que hagan eso, por favor. No es necesario el reconocimiento, no lo es —les grité.

—Mi niña, solo queremos que sepas que nos sentimos completamente privilegiados por haberte conocido. Completamente. En este mundo, poder conocer personas como tú es un acto de magia, un regalo del universo, una muestra de que no todo es sobrevivencia. La vida en sí lleva consigo actos sorprendentes. Gracias, Kiro. —Aurora me abrazó.

—No quiero seguir resistiéndome a la verdad. La verdad sobre quién soy, mi propósito aquí en la tierra. Debo comenzar a realizar todo para lo cual fui enviada aquí. Siempre que envían a alguien, lo hacen con un propósito el cual siempre está inclinado a ayudar a la humanidad o al planeta Tierra. Como yo hay miles, muy pocos lo han descifrado —le expresé a Aurora.

—Kiro, nosotros estamos aquí para ayudarte. El destino nos dio una orden y estamos siguiéndola, aun sin saber quién eres y hacia dónde nos dirigimos contigo. Somos cuatro y hemos vivido mucho —expresó Aurora.

V.

—Quiero contarles algo. Quiero que me escuchen.

Habíamos continuado nuestro camino luego del suceso con Julieta y Bernardo. Nos despedimos de ellos y nos encaminamos montaña arriba. Habían pasado algunas horas y nos habíamos sentado a descansar en un área llena de árboles y sombra. Ya estaba anocheciendo.

Hicimos un semicírculo alrededor de una fogata y decidí contarles con detalles mi historia, la conversación que tuve con mi madre Orealis antes de irme y cómo mis visiones me habían ayudado en este viaje.

—Ustedes aceptaron ayudarme aun sin saber quién verdaderamente soy. Ustedes se han convertido en mis amigos, estoy muy agradecida —suspiré.

Aurora sostuvo mis manos.

—Mi niña, gracias por contarnos todo. Estoy flipando. Qué alago tan grande el mío de poder ayudar a alguien tan importante.

Mau y John sonreían. Jorge miraba las llamas del fuego que bailaban a un ritmo perfecto.

—Amo el fuego —comentó Jorge.

Hubo un silencio que duró varios segundos.

—Siempre he observado el comportamiento del ser humano. Muchos tienden a menospreciar al que les rodea, a humillar, mentir y engañar. En cambio, respetan y veneran a las personas con títulos, abolengos y dinero. Es importante tener siempre en mente que, cuando conocemos a alguien, verdaderamente desconocemos cuán importante esta persona será en nuestras vidas, desconocemos qué aportaciones traerán consigo, tanto positivas como negativas. Solo el tiempo nos da a conocer esto —expresé—. Ustedes desde el primer momento que me vieron me han tratado de la mejor manera posible, aun sin saber verdaderamente quién era. Eso los hace grandes en el universo. Todo lo que damos, recibimos. Esta es la ley del karma.

—Nosotros estamos felices de haber sido parte de la grandeza de hoy y de las que han de venir. Harás muchas cosas grandes, mi niña. Eso está escrito. Te ayudaremos a encontrar la caverna, juntos lo vamos a lograr. No nos separaremos de ti hasta estar seguros de que hemos culminado el trabajo asignado —comentó Aurora mientras miraba al cielo.

La noche era mágica, muy fresca. La falta de iluminación hacía que el cielo estuviera lleno de estrellas. La luna estaba llena.

Mau y Jorge se habían acostado en el suelo con las manos detrás de sus cabezas mientras conversábamos. John descansaba su cabeza entre las piernas de Aurora mientras ella le sobaba el cabello. Me sentía en paz.

—¿Ven esas tres estrellas, una al lado de la otra en una línea recta? —preguntó John apuntando hacia las tres estrellas que brillaban en el cielo.

—Una vez escuché a un hombre mencionar que las pirámides puestas en distintas partes del mundo se conectan a ellas. Parece curioso, ¿no? —contestó Mau.

—Bueno, es evidente que todo es posible. Hay más allá afuera de lo que realmente sabemos o imaginamos. No estamos solos, es imposible —aportó Jorge.

—La vida en sí es un misterio, hay muchas cosas que el ser humano debe descubrir a su tiempo —contesté.

Pasamos un rato más observando el cielo y hablando. John se puso de pie.

—Hoy escuché a un caballero mencionar un barco, dijo que saldría a primera hora mañana. He estado pensando, debemos llegar a la costa y hablar con el capitán. Debemos tomar ese barco.

—¿Cómo? —pregunté.

—Eso déjamelo a mí y a mis muchachos, mi niña. Ahora debemos descansar. Ya pronto será mañana y debemos estar en camino hacia la costa a primera luz, será una travesía larga.

Todos procedimos a prepararnos para descansar. El fuego se había consumido. Tan pronto puse mi cabeza en la cobija, me quedé dormida y comencé a soñar.

Vi al mismo hombre indio, estaba parado en la entrada de la caverna. Esta vez me habló:

"Debes hacerle caso a John. Tomen el barco, diríjanse al norte. Ahí encontrarás respuestas".

Al parecer el cansancio que tenía era grande, la noche pasó rápido.

Sentí las manos de Aurora en mis hombros.

—Mi niña, ya despierta. Pronto amanecerá y tenemos que llegar a la costa antes de que salga el sol.

Me levanté. Hacía frío. Me escondí detrás de un árbol a asearme y cambiarme de ropa.

Procedimos a preparar los caballos y nuestros suplidos.

Yo me comí una manzana y le di otra a Mercurio.

—Buenos días, Mercurio —lo saludé mientras acariciaba su crin.

Nos montamos todos en nuestros caballos y nos dirigimos a la costa.

Cabalgamos hasta llegar a la costa. Desde lejos pude apreciar un puerto, nos dirigimos hacia él. No era un barco pequeño, tampoco muy grande; era el tamaño adecuado para nosotros cinco y nuestros caballos. Era casi imposible que cupieran más personas.

Observé a mi alrededor, había varias tiendas y casas. John se bajó de su caballo y se acercó al barco. No había nadie dentro de él.

—¿Ven a aquellas personas de allá? —preguntó Jorge señalando una pequeña pescadería—. Estoy convencido de que son los dueños del barco, son pescadores. Están aquí haciendo negocio. Tenemos el tiempo suficiente para montarnos en el barco y salir. La suerte está de nuestro lado. Sin mirar atrás.

—Sin mirar atrás —repitió Aurora mirándome—. Vamos a tomar el barco, mi niña.

Luego de varios minutos, nos encontrábamos alejándonos del puerto.

No miramos hacia atrás, estábamos ya en camino, en camino hacia mi destino. Aún no les había contado a Aurora y los muchachos sobre mi sueño.

Mau comenzó a reírse. Él era el capitán, su especialidad eran los barcos, los manejaba a la perfección.

Habíamos amarrado a los caballos para que no fueran a saltar al agua.

El sol brillaba mucho, no había casi nubes en el cielo. Ya nos habíamos acomodado, habíamos acomodado los suplidos que nos quedaban.

Jorge y John estaban trabajando en las velas del barco, asegurándose de que todo estuviera en orden. Me acerqué a Aurora que estaba parada mirando el mar:

—Aurora, anoche tuve un sueño. Vi al mismo indio de mi sueño anterior. Esta vez me habló, me indicó que debíamos dirigirnos hacia el norte.

—Nos tomará varios meses llegar, tendremos que hacer varias paradas para poder recargar los suplidos, comida y agua fresca. Jorge puede llevarnos directamente, su brújula no falla. Su especialidad es el poder ubicar cualquier lugar en el mundo con esa brújula. Fue un regalo de su madre antes de fallecer, dice que es una brújula preparada por una Shuvani —comentó Aurora.

VI.

Habíamos navegado por varios meses. En tres ocasiones pisamos tierra para buscar suplidos.

En la última parada, hace un mes, rellenamos el barco con más suplidos de lo normal. Sabíamos que no habría más oportunidades de ver tierra hasta llegar a nuestro destino.

Estábamos cansados.

—Estamos casi sin agua, el último barril que teníamos está casi vacío. Llevamos tres días buscando tierra, se supone que ya deberíamos haber llegado. Si no tenemos suerte en encontrar un lugar donde anclar, no sobreviviremos. Las provisiones se agotaron, el alimento también —comentó John.

Era una noche de primavera, el cielo estaba iluminado y Aurora lo miraba.

Mau estaba de pie frente al timón, continuaba su rumbo sin dudar.

Jorge estaba dormido en una esquina con un pañuelo cubriendo sus ojos.

Inhalé profundamente. "No huele a salitre", pensé.

—Huele diferente.

—¿Diferente? —preguntó Aurora.

—El olor del mar es peculiar, es un aroma único, a sal. No huele así —le expliqué—. Quizás es sólo un pensamiento —aclaré.

Sentía hambre y sed. Habíamos rendido lo más posible el agua y el alimento, pero aun así habían llegado a su fin. No deseaba dejarles saber que me sentía preocupada, cansada y sin esperanzas.

Tenía que haber algo ahí fuera esperándonos, nuestro final no podía ser este, me rehusaba a pensarlo.

Me quedé pensando unos minutos. Observé la brújula de Jorge que estaba expuesta a mi vista, marcaba el norte. *"Debe estar descompuesta. Estamos perdidos. De nosotros estar en el norte, haría frío. He escuchado que en el norte lo que hay es mucho hielo y mucho frío"*, pensé.

La noche estaba hermosa, el cielo lleno de estrellas que brillaban inmensamente. Aun en esta situación, con esta incertidumbre y mil dudas, sentía mucha tranquilidad y mucha felicidad.

—Debemos descansar un poco. Mau, Jorge, quédense despiertos y muy alertas. Kiro, John y yo descansaremos un poco. Ya en unas horas nos quedamos nosotros en vela. Todos tenemos que estar descansados para mañana intentar pescar —indicó Aurora con preocupación.

Me senté en el suelo, descansé mi cabeza en un barandal y me dormí.

Al despertar, el sol había salido. John y Aurora estaban abrazados mirando el horizonte. Jorge y Mau dormían. Al parecer me habían dejado descansar más de lo planificado. Me sentía bien.

—Buenos días

Aurora y Jorge se voltearon a verme.

—Buenos días, mi niña —respondió Aurora con una sonrisa en su rostro.

—¿No ha habido cambio alguno? —pregunté.

—Ninguno hasta ahora. Tengo mucha sed. Anhelo tocar el agua de mar, solo quiero sentirla en mis manos.

Aurora se dirigió hacia un balde vacío en el suelo, lo amarró con una soga y lo lanzó al mar. Luego de unos segundos haló la soga y sostuvo el balde colocándolo en el suelo. Sumergió ambas manos en el agua y comenzó a moverlas lentamente.

—Qué delicia, está muy fresca. Este ejercicio me limpia el alma, me hace sentir relajada —comentó Aurora mientras observaba sus manos en el agua.

—El agua es un elemento poderoso, con tan solo creerlo nos limpia, nos purifica. Elimina de nuestro cuerpo y campo energético toda energía dañina. El agua purifica nuestro ser. Muchas culturas indígenas la catalogan como una deidad —comenté.

En ese momento preciso Aurora sacó las manos del balde y llevó el agua en sus manos a su rostro.

Su rostro reflejaba confusión. Observé cómo se quedó callada y sin moverse por unos segundos.

John la observaba también.

Aurora fijó su mirada en mis ojos, luego volteó su mirada hacia John.

—¡Kiro! —expresó Aurora con voz suave y entrecortada—. ¡Es agua dulce!

John y yo nos miramos.

—¿Dulce? —preguntamos ambos al mismo tiempo.

Aurora agarró el balde de agua con ambas manos y comenzó a beber sin detenerse, luego de unos largos segundos me pasó el balde. Bebí del agua sin pensarlo. *"Es agua fresca. Agua de río. Qué fresca está. Qué sed tengo"*, pensaba.

Procedí a pasarle el balde a John y corrí a despertar a Mau y Jorge.

—¡¡Mau, Jorge!! Despierten, tenemos noticias. Estamos navegando en agua dulce.

Ambos chicos despertaron confusos.

—Hace un rato observé tu brújula, apuntaba hacia el norte. Pensé que debía estar averiada, he escuchado decir a algunos que el norte es puro hielo y a otros que el agua es muy salada —comenté.

—Si hay algo que te puedo asegurar, Kiro, es que mi brújula no está averiada. —Jorge sacó su brújula del bolsillo derecho y la miró—. Marca el norte. —Sostuvo firmemente la brújula con su mano derecha y nos mostró.

Evidentemente marcaba el norte. Habíamos llegado a nuestro destino principal pero no veíamos tierra. Solo debíamos esperar, lo presentía.

—Bueno, niños, no todo es malo. ¡El agua es dulce! Lancémonos hacia esa hermosa agua y nademos. Necesitamos refrescarnos y asearnos, llevamos días largos sin hacerlo. —Aurora había recuperado su ánimo alegre y esperanzado.

Aurora, Mau, Jorge y yo nos lanzamos al agua. Todos reíamos. Mau comenzó a nadar y Aurora se sumergió completamente en el agua, nadaba como una sirena. Su cabello negro bailaba con el movimiento del agua. Jorge y Mau jugaban y gritaban mientras se lanzaban agua el uno al otro.

John se había quedado en el barco, estaba vigilante hacia nuestros alrededores, aun así, sonreía al ver a su mujer y sus amigos reír y gozar. Pude ver cómo lanzó el balde al agua y luego lo subió lleno.

—Le daré agua a los caballos —gritó.

Estuvimos un largo rato en el agua, después de un rato, John lanzó una soga y nos asistió para poder subir al barco.

Una vez subí al barco, fui en busca de mi bolso y mi ropa. Mientras me cambiaba, escuché una voz gritar con mucha fuerza.

—¡TIERRA A LA VISTA!

Terminé rápido de ponerme la blusa roja y la falda negra, y me dirigí hacia los chicos.

—¡TIERRA A LA VISTA! —gritó John nuevamente.

Aurora se lanzó fuerte entre los brazos de su amado mientras gritaba de alegría. John la abrazó con emoción y se besaron.

John, Mau y Jorge prepararon el barco para dirigirnos en dirección hacia la tierra que habíamos ubicado.

"Aquí vamos", pensé.

VII.

Habíamos llegado a tierra, los chicos habían anclado el barco y todos estábamos preparándonos para bajar. Coloqué mi bolsa en Mercurio y ambos bajamos por la rampa. Detrás de mí venían los demás.

Habíamos llegado a un lugar montañoso. Cada uno de nosotros se montó en su caballo y comenzamos a explorar.

Había árboles, muchos árboles grandes, más de lo habitual. Había un árbol en particular que era tan grande que parecía tocar las nubes en el cielo, su tronco era tan ancho que parecía que estábamos en la base de una montaña.

Continuamos caminando entre las montañas y árboles. Luego de unos minutos, observamos algo en el suelo.

¿Qué es eso tan grande? —preguntó Mau, señalando al suelo.

¡Parecía una sandía, era enorme! Su tamaño se podía comparar con el de un elefante.

Nos bajamos de los caballos y caminamos hacia el enorme fruto.

Aurora levantó parte de su falda azul añil exponiendo una cuchilla que llevaba amarrada en su muslo izquierdo y se acercó a la sandía. Le hizo una cortadura en forma de círculo y haló.

El fruto era rojo y estaba bien jugoso.

—Es una sandía —gritó Aurora muy emocionada. Sus ojos estaban bien abiertos, con expresión de sorpresa.

Todos comimos. Llevábamos días sin comer, esto era manjar de dioses. Qué delicia.

Alimentamos a los caballos y continuamos.

—Los árboles aquí son enormes, las sandias también. No hace frío, tampoco estamos rodeados de hielo. Este lugar es muy inusual, no cabe duda de que es un lugar majestuoso —comentó Mau.

—Debemos continuar nuestro camino, no sabemos exactamente en dónde estamos y pronto anochecerá. Debemos buscar un lugar seguro donde podamos pasar la noche —comentó John.

Volvimos a nuestros caballos y nos dirigimos hacia una montaña cerca. Durante nuestro camino para llegar a la montaña observamos más frutos, todos eran grandes, las uvas eran del tamaño de una manzana y las manzanas eran del tamaño de una sandía normal. Era como estar en un sueño, un bonito sueño, difícil de creer.

Al llegar observamos una pequeña entrada en la base de la montaña.

—Voy a entrar, quiero ver si podemos pasar aquí la noche, ya está comenzando a oscurecer —comentó John.

—Nosotros vamos contigo —contestó Jorge.

Los tres chicos entraron, Aurora y yo nos quedamos afuera con los caballos.

—Qué aventura hemos tenido, mi niña. —Aurora se acercó a mí y me abrazó.

Yo respondí su abrazo, una lágrima bajó por mi mejilla derecha.

—Gracias por todo, siempre —le contesté.

John había regresado, Mau y Jorge se quedaron adentro.

—Esa entradita es un túnel, al final hay espacio suficiente para que pasemos la noche. Podemos encender una fogata. Dejaremos a los caballos aquí afuera. ¡Vengan! —John comentó mientras sostenía a su chica de la mano.

Me acerqué a Mercurio y lo miré fijamente a los ojos, tenían un brillo especial. Le di un fuerte abrazo y un beso. Aurora amarró a los caballos.

Ambas seguimos a John y entramos. Efectivamente era un túnel lo suficientemente cómodo para entrar un poco agachados.

Al final de ese túnel pude ver a Mau y Jorge. Estaba bastante oscuro, debíamos encender una fogata de inmediato antes de que oscureciera del todo y nos quedáramos a ciegas.

—Kiro —Escuché una voz, pero no era la voz de ninguno de los chicos y menos de Aurora, era una voz masculina, firme y fuerte—, veo que han llegado.

Todos nos miramos. No nos habíamos percatado de que detrás de donde estábamos había otro túnel, este era más pequeño que el anterior, de ahí provenía la voz.

Me dirigí hacia el túnel y entré. Al final del túnel había una caverna muy grande, tan grande que había estalactitas enormes y una evidente entrada.

Rápido recordé mi sueño. Era la misma entrada.

A mi lado estaban Mau, Jorge, Aurora y John; me habían seguido.

Una figura grande se mostró ante nosotros, era un hombre blanco, ojos tan azules que parecían dos zafiros y cabello rojizo. Vestía con una túnica roja. Parecía alcanzar los ocho pies de estatura. Detrás de él se encontraba el indio con la lanza.

—Mi nombre es Telos. Provengo de Agartha, el centro del planeta Tierra. Él es el protector de esta caverna. Los estábamos esperando.

El indio mantenía un rostro serio en todo momento. Nunca habló.

Me sentía sorprendida, habíamos llegado.

—Cada uno de ustedes ha cumplido su propósito perfecto. Durante su vida vivieron experiencias que los han preparado para este momento. Aurora, Mau, Jorge, John, ustedes cumplieron su misión. Ayudaron a Kiro a llegar hasta aquí sin saber exactamente quién es o cuál es su misión, ni siquiera ella misma lo sabe aún. Hoy comienza para ti, Kiro, tu gran misión —agregó Telos—. Hace veinticuatro años fuiste enviada al mundo exterior con el propósito de que encarnaras como ser humana para que vivieras una experiencia diferente a la nuestra. Debías aprender a hablar, comportarte y entender las reglas humanas. Nuestra misión es darnos a conocer en el mundo exterior. Estamos aquí, nunca nos hemos ido. La humanidad lleva muchos años dormida, no podrían soportar la verdad si se les dijera en este momento. Están programados a seguir un sistema controlador, son sonámbulos, se levantan de sus camas día a día a realizar las mismas rutinas y tareas, a trabajar y buscar el pan. No tienen en su pensamiento, ni una sola vez al día, el meditar o detenerse a pensar y entender de qué serían capaces si se libraran de ese sistema. Es tiempo de un cambio, es tiempo de despertar. Es tiempo de salvar al planeta Tierra antes de que sea muy tarde.

Telos nos miraba fijamente a cada uno de nosotros.

Miré a mis amigos.

—¿Están listos para entrar? —les pregunté.

Aurora me miró con sus ojos llenos de lágrimas. Mau, Jorge y John se acercaron a mí.

—Mi niña, es tiempo de comenzar tu propósito. Te he tomado un cariño grande —expresó Aurora sosteniendo mis manos.

Sentí nostalgia, en ese momento comprendí que debía entrar sola, mis amigos ya habían cumplido su encomienda al traerme hasta aquí.

—Ustedes son personas de bien. Aurora fue contactada por mí a través de su tarot, se le encomendó dirigirte. Junto a ella, John, Mau y Jorge aceptaron también la encomienda.

La vida está compuesta por ciclos, cada ciclo tiene un tiempo y duración distinta. Hoy culmina un ciclo para ustedes y comienza uno nuevo. No tendrán que sobrevivir más robando, tampoco tendrán más inestabilidad. Estudiarán, aprenderán idiomas, historia, ciencia y agricultura. Como recompensa a su labor, tres cosas grandes se les otorgarán: Primero, oro. Tendrán siempre oro, no les faltará nada. Segundo, el don del cultivo y la agricultura. Serán los mejores agricultores que hayan existido. Tercero, unión. Siempre estarán juntos. En esta vida y en cada vida que vuelvan a nacer, siempre se encontrarán. Todo esto debe siempre ser utilizado para bien, nunca deben afectar a terceras personas. Es importante recordar que todo es energía, si desean mal, recibirán mal —mencionó Telos.

Había llegado la hora de entrar, debía despedirme de mis amigos.

Miré a Aurora fijamente a los ojos, ambas sin poder contener las ganas de llorar.

—Aurora, te convertiste en mi amiga, mi hermana, mi apoyo. Abriste las puertas de tu familia para mí, aun sin saber quién yo era. Arriesgaron sus vidas para ayudarme, los encontré cuando más perdida me sentía. Escucha bien las palabras de Telos, jamás estarás sola. Encontraste a John, Mau y Jorge, se hicieron familia; morirán y volverán a nacer, y siempre se encontrarán. No pienso olvidarte, inclusive nos vamos a volver a encontrar. Siempre sabré que son ustedes, aunque ustedes ya no sepan quién soy. —Pasé mi mano por la mejilla de mi amiga y la abracé fuertemente.

Aurora se dirigió a la salida.

Miré a los tres chicos que estaban frente a mí.

—Gracias por su ayuda y protección. Cuiden de ella, todo estará bien —les comenté.

Mau se acercó a mí, me dio un beso en la frente y se marchó.

Jorge me abrazó fuerte. —Un placer servirte—. Movió su cabeza en reverencia y siguió a Mau.

—John, cuida bien de Mercurio. Gracias por todo, sé que cuidarás bien de ellos. Tú eres muy valiente.

Me dirigí hacia Telos, pero luego me detuve. Volteé mi mirada hacia John, quien aún seguía parado esperando que me fuera.

—Evangelín. Será hermosa, tendrá tus ojos y la sonrisa de Aurora.

Observé una sonrisa marcarse en el rostro de John.

Luego entré.

VIII.

Telos y yo caminamos por un túnel muy oscuro.

Por alguna razón extraña, las ondas vibratorias que emitíamos al caminar hacían posible que pudiera seguir el camino sin ningún problema, aunque no pudiera ver. Se puede describir como un tipo de instinto, ecolocación.

Luego de lo que pareció ser una hora, comencé a ver luz. Poco a poco se fue aclarando hasta que llegamos a un portón.

El portón era muy grande, completamente en oro. Tenía en el centro tres estrellas. Observé una cerradura. Telos levantó su mano derecha y pasó su mano frente a la cerradura, abriéndola.

—Soy el guardián y protector de la entrada del norte. Te concedo la entrada a Agartha, Kiro. Yo permaneceré aquí, ninguna entrada debe ser dejada sola, jamás. —El portón se abrió y entré—. Recuerda, no estás sola, nunca lo has estado. Te están esperando.

El portón cerró.

Comencé a caminar. Mis ojos veían tanta belleza, todo era diferente. Había muchas personas. Muchas. No eran humanos, pero lo parecían. Todas eran altas, de unos diez a doce pies.

Era un lugar muy grande, muchas montañas, verdor y árboles. No había vías o caminos.

Las casas eran muy grandes, nada común a lo que siempre solía ver. La mayoría construidas en oro, muy pocas en cristal.

Observé que me encontraba en la cima de una montaña. Miré hacia ambos lados, no parecía haber manera de poder bajar de ella.

Comencé a escuchar un zumbido leve.

—Bienvenida a casa, Kiro. —Una voz masculina me recibió.

Rápidamente me percaté de un hombre blanco. Era alto y vestía una túnica azul cielo. Su barba era larga, blanca. Se acercaba a mí montado en un objeto metálico, de forma triangular. Era una especie de objeto volador.

Se detuvo a mi lado.

—Mi nombre es Menthe. Voy a mostrarte Agartha. Debes tener muchas preguntas, todas serán contestadas en su tiempo. Súbete.

"Hermes Ingenui. Él es uno de ellos", pensé.

Subí al objeto volador y comenzamos a flotar.

—Todos aquí sabemos quién eres, Kiro. Provienes de aquí, ya lo debes saber. En este lugar todo está conectado, todo está sincronizado. No existen caminos o carreteras. Nos trasladamos de un lugar a otro mediante vimanas, así le llamamos a estos objetos voladores. Existen túneles por los cuales transitamos sin necesidad de cortar árboles y contaminar con gases tóxicos nuestro ambiente. Está totalmente prohibido, por la Ley de Todos, hacerle daño ni siquiera a las hojas de los árboles. Cada vez que un ser humano corta un árbol en el mundo exterior, le resta diez años de vida al planeta. Debemos inculcarles detener esta práctica.

Menthe era muy pasivo, angelical. Hablaba pausadamente y representaba sabiduría.

—Este lugar es tan diferente, jamás he visto nada igual —expresé.

—Sí lo has visto, pero no lo recuerdas. Cada vez que uno de nosotros es enviado a reencarnar al mundo exterior, debe hacerlo sin recordar quién es, de dónde proviene. Si cada vez que reencarnaran llevaran consigo sus recuerdos, les sería muy difícil cumplir con el nuevo propósito. Pasarían gran parte de sus vidas añorando un recuerdo, una persona, un lugar. No puede haber interrupciones. El proceso de despertar se da paulatinamente. Eso sí, las almas que se reencuentran, de alguna manera sienten la afinidad. Eso es inevitable.

Seguíamos viajando. El paisaje era perfecto, la organización de esta civilización era muy estructurada.

—A la ciudad principal de Agartha se le conoce como Shambala —continuó explicándome Menthe—. Todo lo que hoy pertenece a la imaginación del hombre: leyendas, cuentos y misterios aún sin resolver en el mundo exterior, proviene de aquí.

"Interesante", pensé.

—Es la verdad absoluta, Kiro. Sí, puede parecer interesante. A su debido tiempo irás aprendiendo y comprendiendo muchas cosas —contestó Menthe.

—¿Sabe usted lo que pienso? —pregunté.

—Sí. Nosotros tenemos capacidades mucho más desarrolladas que el humano. Esto es debido a que, en el mundo exterior, la raza humana no ha querido aprender. Hemos enviado a muchos maestros líderes desde aquí y seguiremos haciéndolo. Poco a poco la humanidad irá desarrollándose, espiritual y tecnológicamente. Nuestros pensamientos se sincronizan, podemos recibir la codificación de los pensamientos a través de microondas electromagnéticas, telequinesis.

Me sentía plena, por fin sentía que era parte de algún lugar. Por primera vez, no me sentía diferente.

—Sabemos que sientes una atracción especial por lo oculto, lo misterioso. Sientes que conectas con esas historias. ¿Quieres saber por qué? —preguntó.

—Sí

—Los licántropos, las sirenas, las brujas, lo sobrenatural, las razas alienígenas, todo existe. Todo es posible. Si cierras los ojos e imaginas lo que sea, existe. Están ahí afuera, están aquí dentro. Cada uno tiene una misión. Tienen prohibido dejarse ver y no es solo por el temor que el ser humano pueda sentir hacia ellos, sino porque pueden correr riesgos. El ser humano es dañino por naturaleza, es una de las pocas razas que cometen actos de violencia entre sí mismos. Se inclinan a matar, cazar y destruir. Si el ser humano llega a descubrirnos, intentarían acabar con todo. En un momento dado en la historia actual, nos dimos a conocer. Las sirenas se dejaban ver, los licántropos, nomos, dragones, gigantes y faunos se dejaban ver, intentando cohabitar. Intentamos ser aceptados, pero no fue así. Fuimos rechazados, eliminados de la historia. Ahora solo quedamos en la memoria escrita, la mitología, la fantasía. Parte de nuestro objetivo es que eso cambie. Ahora nuestras misiones son realizadas de manera oculta, disfrazados de seres humanos.

Mientras hablábamos, pasamos entre varias montañas. En todas partes había personas, todos sonreían al verme. La mayoría vestían túnicas blancas, otros trajes metálicos. Nos saludaban con una mano, mientras con la otra sostenían canastas llenas de frutos y semillas. Trabajaban en conjunto.

—Aquí trabajamos todos por igual, intercambiamos lo necesario. El trabajo se divide en grupos, unos se dedican al cultivo, otros a la cosecha, otros a la tecnología. Todo lo que te puedas imaginar. En este lugar no existe el dinero, no existe el hambre, no existe la miseria ni la enfermedad. Todos somos uno y trabajamos unidos.

—En el mundo exterior todo lo domina el dinero, lamentablemente —comenté.

Entramos por un túnel y lo atravesamos rápidamente. Al llegar al otro extremo del túnel, lo que vi fue asombroso.

Había edificios en oro. Todos. Parecían palacios de cuentos de hadas, aquellos en los cuales viven solo los reyes y reinas en el mundo exterior. La luz que consumían era solar.

"¿Solar? Estamos adentro del planeta Tierra, el sol no llega hasta aquí", pensé.

—Nosotros tenemos nuestro propio sol. No es una estrella como las que podemos encontrar en las galaxias o en el universo. Este sol es creado por nuestra tecnología. Es quien otorga la vida a nuestra vegetación —explicó Menthe.

Esto era asombroso. Si tan solo el ser humano pudiera similar todo esto, no habría más hambre, más violencia ni más injusticias.

—El sol externo emite radiación, existen tres tipos de esta, pero solo una logra penetrar la capa de ozono de nuestro planeta, esto es debido a su finura. Aun así, el ser humano expone que hace daño. Este no es el caso de nuestro sol —continuó.

Había mucho que asimilar. La travesía aún comenzaba.

Continuamos nuestro camino.

—Menthe, ¿por qué el tamaño de todo aquí es tan grande, los frutos, sus habitantes, los árboles?

—Los seres humanos en el mundo exterior tuvieron que mutar a través de los años para poder sobrevivir los cambios naturales y cambios que ellos mismos han causado. Antes, el ser humano podía crecer hasta alcanzar los nueve pies de altura, esto ya no es así. De igual manera, su longevidad. Cada vez la expectativa de vida es menor. La contaminación, la alimentación, el odio, la ira, la envidia… son muchos factores que, al suceder en conjunto, causan daños irreversibles — contestó.

Todo parecía muy lógico. Todo tenía una explicación concreta y lógica.

En medio de la conversación que sosteníamos, noté que Menthe aterrizaba su vimana cerca de una casa, parecía un templo.

—Sígueme.

Comenzamos a caminar hasta llegar a unas escaleras. Subimos.

Al entrar, observo que es un lugar muy espacioso, parecía un salón de reuniones. Cerré mis ojos e inhalé. *"Que magnífico aroma"*, pensé.

—Todo lo natural es magnífico, Kiro. Es alcanfor, facilita el proceso de respiración y la meditación. —Menthe sonrió.

Llegamos al centro de la casa. Se podía comparar con una enorme sala, sin ningún tipo de inmuebles. Había muchas plantas adornando el lugar. En el suelo había cinco mantas, todas blancas.

—Todas están hechas de lana. Nuestras ovejas son muy grandes en tamaño, su lana nos sirve para vestir, abrigarnos, entre otras comodidades. Antes de utilizar su lana, solicitamos su autorización y explicamos el propósito del uso. Una vez las ovejas nos conceden el permiso, tomamos prestada la lana necesaria. Siempre están en libertad, hay un grupo dedicado a su cuidado y protección.

—Si así también fuera el mundo exterior, muchos animales dejarían de ser sacrificados, dejarían de ser torturados. Hay muchas cosas injustas ahí afuera —comenté.

—Kiro, deseamos invitarte a ser parte de nuestra reunión ahora. Quiero presentarte al resto de los Hermes Ingenui.

Procedí a sentarme con las piernas cruzadas en el suelo. Una de las mantas estaba destinada para mí.

—Bienvenida a Shambala —una voz majestuosa, femenina, me brindó la bienvenida.

A mi lado aparecieron tres figuras, en tan solo un instante supe quiénes eran ellos: El resto de los Hermes Ingenui. Eran majestuosos, su belleza era inigualable; Higía, Ágape y Mammon.

Higía se sentó a mi lado derecho, luego Ágape, Mammon y Menthe. Todos formábamos un círculo, quedando Menthe a mi lado izquierdo. En el centro, fueron colocadas velas aromáticas.

Me sentía nerviosa, un cosquilleo invadía mi estómago. Todos eran tan hermosos, eran dioses. Mi mamá los había descrito muy bien, pude identificarlos a todos con facilidad.

—Bienvenida, Kiro. Te estábamos esperando —comentó Ágape.

—Mi madre me habló sobre ustedes antes de emprender mi camino.

Sentí una tristeza inmensa, la extrañaba demasiado.

—Kiro, todo tu destino ha sido predeterminado. Orealis cumplió su propósito educándote y criándote, ella sabía que tendrías que irte eventualmente y llegar hasta aquí hoy. Ella sabía el verdadero propósito de criarte —continuó Ágape.

—¿Sabes cuál es tu verdadero propósito? —me preguntó Mammon.

—Sé que provengo de aquí, que fui enviada al mundo exterior a aprender de ellos, entenderlos.

—Durante toda tu vida te hemos guardado, te hemos guiado, te hemos encaminado. Nunca has estado sola, inclusive sin saberlo. Fuiste enviada para poder vivir una experiencia humana, vivir sus experiencias basadas en las leyes humanas, conocer sus tierras, sus creencias. Ahora te corresponde conocer todo sobre tu verdadero origen para que así, cuando regreses al mundo exterior, seas el eslabón que nos una, que una a la raza humana con lo que somos y quienes somos. La humanidad necesita de nosotros en el gran despertar y tú eres la llave. Pronto habrá acontecimientos que pongan en riesgo su existencia, se verán en riesgo de extinción —explicó Mammon.

—En ciertas partes de Agartha existen humanos. Solo aquellos de alma pura, llenos de nobleza y bondad, han logrado ser parte de nuestro mundo oculto. Han aprendido grandes lecciones de vida —agregó Higía.

—Y, ¿qué sucedería si algún humano intentase entrar? —pregunté.

—Cada entrada está protegida por grandes guardianes cuya encomienda comenzó hace muchos siglos. Nuestro mundo está protegido por fuerzas electromagnéticas en cada una de las entradas principales, esas fuerzas evitan que el ojo humano pueda percibir a simple vista nuestras entradas. Ante ellos, solo aparecen campos, mares, cavernas, desiertos o glaciares. Solo aquellas personas a las cuales nosotros otorgamos autorización para entrar pueden ver las entradas de Agartha. Nadie llega hasta aquí por casualidad —contestó Menthe.

—¿En dónde están ubicadas estas entradas? —pregunté.

—Existe una en cada polo del planeta, de igual manera en cada pirámide existente. La más pequeña está en las Amazonas, su guardián es un licántropo —contestó Higía.

Todo lo que algún día para mí fue un mito, una leyenda, un cuento, hoy era realidad. ¿Cómo es que no nos habíamos dado cuenta?

—Todo existe, Kiro. Todo sigue oculto y permanecerá oculto por muchos siglos más. La raza humana ha sido programada para ser débil, ni siquiera ellos mismos saben lo poderosos que son y las habilidades que tienen. En este momento de la historia, el ser humano no es capaz de procesar la verdad. Esto es un proceso lento —Mammón comentó.

—Los licántropos fueron creados por nosotros hace más de dos siglos, obtuvimos ADN de lobo y ADN humano dividido en un cincuenta por ciento y de esta manera pueden cambiar de forma cada vez que entiendan que es necesario. Habitan en las Amazonas, su fuerza es sobre humana, sus patas delanteras son cortas y sus patas traseras alargadas. Sus ojos son rojos, su pelaje negro, sus dientes muy afilados y son feroces —explicó Ágape.

—Si la humanidad no está preparada aún para conocernos, ¿cómo podremos asistirles en el despertar e introducirnos a ellos? —pregunté.

—Con el tiempo. Tomará siglos y siglos poder lograrlo. Cambios irán surgiendo, uno de ellos será introducido pronto; la tecnología. Esta será provista por nosotros y mejorará con el tiempo. La utilizaremos para enviar códigos disfrazando la información. Muchos de nosotros han sido enviados al mundo exterior con el propósito de implementar los cambios, como humanos. Debes saber que aquí no existe el tiempo, la vejez, la pobreza ni la enfermedad. Aprenderás todo. —Higía me sonrió.

Recordé el momento en el cual me dirigió en el proceso de sanar a Julieta.

—Yo estaba contigo —contestó ella al leer mis pensamientos—. Siempre hemos estado contigo. Tu travesía comenzará en los campos, debes aprender sobre la alimentación, la función de todo.

Sentía mucha tranquilidad, estaba lista para comenzar. Nos pusimos todos de pie.

—De ahora en adelante serás dirigida por Saú. Su nombre significa "El defensor". Él te introducirá a todo lo que debes saber sobre nuestro mundo, cómo trabajamos y funcionamos. Te empapará de conocimiento sobre nuestra raza y otras. Será tu guía. Nosotros estaremos cerca, observando —comentó Ágape.

Los Hermes Ingenui entraron por una puerta grande con el símbolo de las tres estrellas que había visto antes.

Me dirigí hacia la entrada principal de aquel hermoso lugar.

Al llegar nuevamente a las escaleras, vi la silueta de un hombre joven y alto, pero no como el resto. Medía aproximadamente seis pies y medio, su rostro estaba inclinado hacia el lado opuesto, mirando hacia las montañas que nos rodeaban. Su figura era musculosa. Sus brazos perfectamente formados, al igual que sus piernas. Era de piel canela.

De repente, volteó su rostro y clavó su mirada en mí.

Quedé asombrada. *"Que hermoso es"*, pensé.

Su cabello era castaño oscuro, le llegaba a los hombros. Tenía los ojos almendrados y color marrón claro.

Mi corazón latía aceleradamente. Él sonrió al verme, su dentadura era perfecta, su sonrisa también. Sentí su vibra, su esencia. Era noble.

—Bienvenida, Kiro. Mi nombre es Saú. Me ha sido encomendada tu enseñanza, seré tu mentor en este viaje.

—Gracias, Saú. Encantada en conocerte.

Nunca había sido tan literal. Esa era la palabra perfecta, me sentía encantada ante él. Noté que llevaba marcas en sus brazos, eran pequeñas obras de arte.

—Comenzaré mostrándote los campos.

Comenzamos a bajar las escaleras. Saú llevaba puesto un pantalón largo, marrón claro. Vestía diferente al resto de los habitantes que hasta ahora había visto, tenía una camisa, del mismo color, sin mangas, y una apertura al frente.

Caminamos hasta llegar a un llano verdoso.

—La población en Agartha se divide en grupos. Cada grupo se dedica a realizar una tarea específica para mantener el funcionamiento de nuestra civilización de manera organizada y equitativa. Unos se destacan en sembrar y cultivar, otros en cosechar. Están los que se dedican a dar forma a todas las estructuras que has visto, los que fabrican, los que cuidan de los animales, los que se encargan de la tecnología, entre otras tareas. Aquí la tecnología es muy avanzada. No existe la pobreza, nada es de nadie, todo es de todos. —Mientras Saú me hablaba, caminábamos por un sendero verdoso. Había muchos árboles llenos de frutos inmensos. Observé cómo muchos trabajaban de manera serena—. Nuestra alimentación es orgánica completamente. Antes de alimentarnos, agradecemos a la madre naturaleza por el obsequio y privilegio de proveernos. Los que cultivan, llenan de vitalidad y energía a los frutos a través de la música, frecuencias vibratorias y mucho amor. Al nosotros consumirlos, esas energías pasan a nosotros. Ese ciclo es parte de la razón por la cual aquí no existen las enfermedades ni el envejecimiento —explicó Saú.

—¿Comen algún tipo de carne, como en el mundo exterior? —pregunté.

—No. El proceso de matar al animal antes de comerlo es doloroso. El animal segrega unas toxinas como método de defensa, las cuales invaden el cuerpo humano, contaminándolo lentamente —respondió.

—Es una respuesta llena de lógica. Muchos no lo piensan así. Es algo tan natural en el mundo exterior, que no creo que muchas personas se detengan a pensar con esa lógica —le comenté.

—Para eso estamos nosotros, para asistir en el cambio que va transcurriendo en el mundo exterior.

Saú me señaló una roca que estaba cerca y procedí a sentarme en ella. Había obviado el hecho de que llevaba muchas horas despierta, me sentía cansada.

Observé el hermoso paisaje que me rodeaba, había un riachuelo que cruzaba frente a nosotros.

Una figura se acercaba.

—Él es Urmah. Es uno de nuestros hermanos dedicados a la cosecha.

Era muy parecido al ser humano, aun así, había unas características que lo diferenciaban. Su estatura, sus ojos eran más grande, azules. Su cabello era rubio. Era perfecto.

—Bienvenida, Kiro. De parte de todos. —Urmah me extendió una canasta llena de frutos. Habían sido preparados para poder comerlos al momento, cómodamente. Había pedacitos de varias frutas, fresas, manzana, bananos y uvas.

—Qué espectacular se ve. Muchas gracias, Urmah. Es un honor conocerte.

Urmah sonrió. Se inclinó como en señal de reverencia y luego se dirigió a Saú y le dio un fuerte abrazo.

—Estamos siempre contigo, Saú. —Luego se alejó.

Comencé a comer, tenía hambre y los frutos estaban sumamente deliciosos, jugosos y dulces.

Recordé cuando probé los frutos con mis amigos antes de entrar.

—Antes de entrar a Agartha, mis amigos y yo nos topamos con ciertos frutos y árboles de gran tamaño —le comenté.

—Sí, ese lugar está protegido por parte de nuestro campo magnético. Solo ustedes pudieron verlo y disfrutarlo, personas no autorizadas solo ven glaciares.

—Gracias por todo lo que han hecho por mí.

—Esto es solo el comienzo. Luego de tu descanso, continuaremos nuestra travesía. Te llevaré al lugar en donde vivirás. Sé que ya los Hermes Ingenui te mencionaron que aquí no existe el tiempo, no se pone el sol y tampoco sale. Poco a poco irás aprendiendo.

Nos dirigimos hacia lo que se puede comparar con un pueblo. Había varias casas, todas muy grandes y doradas. Saú me dirigió hacia una de ellas. Una vez estábamos frente a la casa, Saú me señaló hacia la entrada.

—Esta será tu casa. Aquí vivirás mientras estés con nosotros. Descansa, Kiro. Luego de tu descanso vendré por ti.

Nuevamente agradecí a Saú, luego se marchó.

Entré a la casa. Era espaciosa. Había comodidades para mí, todo lo necesario para poder vivir sin carecer de ninguna comodidad. Observé cuatro habitaciones, todas con camas perfectamente vestidas con colchones en lana. Continué caminando por la casa. El baño era grande, todo era en mármol, todo blanco. *"Qué lugar tan perfecto"*, pensé.

Recordé cuando vivía con mamá. Pensé en ella. *"La extraño tanto. Mi mejor amiga, mi hermana, mi compañera. Si tan solo pudiera dejarle saber que estoy bien"*. Sentí que mis ojos se llenaron de lágrimas. *"Te amo"*.

Me dirigí en busca de la cocina. Había de todo tipo de alimentos orgánicos, panes, agua, hortalizas, vegetales, frutos. Todo era perfecto.

Decidí darme un baño largo. El agua estaba templada. Medité con la compañía de ese elemento purificador y perfecto, luego me dirigí hacia la habitación que estaba cerca de la entrada y me dormí inmediatamente.

IX.

Ya había descansado. Desperté sintiéndome feliz, serena, tranquila y muy sorprendida. Parecía que todo lo que había vivido en tan poco tiempo había sido un sueño. Miré por una de las ventanas de la habitación, la vista era perfecta. Había escogido la habitación ideal.

Poco a poco iba asimilando que en Agartha no amanecía ni anochecía, el sol aquí estaba en el mismo lugar. Las mentes brillantes, sobrehumanas, que lo habían creado, habían hecho un trabajo perfecto.

"Saú", pensé. Me había indicado que vendría por mi cuando estuviera descansada. Me siento genial.

"No debes desenfocarte. Vamos, Kiro.", Saú aceleraba mi corazón y causaba un enorme cosquilleo en la boca de mi estómago.

Me dirigí hacia el baño, me aseé y me vestí con un atuendo que había para mí en el armario. Los atuendos eran justo para mí, diferentes a lo que usualmente solía utilizar.

Llevaba puesto un pantalón negro, adherido a mi cuerpo. La camisa era de mangas largas, del mismo color. Llevaba puestas unas botas negras, ideales para mi travesía.

El cabello lo llevaba suelto, con una cinta roja.

Me pinté los ojos negros y mis labios los llevaba rojos.

Me sentía libre.

Escuché unos leves golpecitos en la puerta, me dirigí a abrirla.

Parado, mirándome, estaba Saú. Sus ojos brillaban.

—¿Descansaste? —me preguntó.

—Sí, gracias. ¿Y tú?

—Sí. ¿Estás lista para continuar nuestro viaje por Agartha? —preguntó.

—Estoy lista.

Salí de la casa. Al lado de Saú había una vimana, nos montamos y Saú dirigió el camino.

Nuestra primera parada fue en un valle en donde muchos integrantes tenían organizada una mesa con variedad de alimentos. En otra mesa, todos se sentaban juntos a comer. Saú se detuvo y nos bajamos. Sostuvo mi mano caballerosamente, asistiéndome al bajar de la vimana. Sentí mi cara sonrojándose.

—Gracias.

Nos acercamos al grupo de integrantes. Todos estaban sonrientes, hablaban y reían.

—Vengan, únanse a nosotros. Bienvenida, Kiro. —Una dama me sonrió mientras me señalaba un espacio a la mesa. Todos amablemente me sonreían y daban la bienvenida. Me sentí plena.

Saú y yo nos sentamos. Comimos muy bien. Luego de un excelente compartir, nos despedimos de nuestros amigos y continuamos el camino.

—Qué deliciosa es la comida aquí —comenté.

—Aquí aprenderás mucho y te sentirás parte de una gran familia. —Me sonrió.

Saú y yo nos montamos en la vimana y nos dirigimos hacia otro lugar.

Viajamos por lo que aparentó ser una hora, pasamos lugares mágicos, ríos, lagos, paisajes.

Había más vimanas a nuestro alrededor. Cada vez que pasábamos cerca de algún integrante, nos saludaban con gran amor.

Vi aves majestuosas y diferentes. Había una en particular que captó mi atención. Era muy grande, con plumas blancas y plateadas, tenía una cola alargada, cuerpo de un felino y cara de águila. Tenía garras feroces. Sus ojos eran como dos lámparas encendidas, irradiaban una luz blanca.

—Espléndida —comenté, señalando a la criatura.

—Se conocen como grifos. Son animales sagrados para nosotros, son libres. En casos especiales, cuando se sienten identificados con alguno de nosotros, se convierten para siempre en fieles compañeros de su amo. Esto sucede a base de una conexión sobrenatural, proveniente del cosmos —explicó Saú.

—¿Cómo sucede esta conexión? —pregunté.

—Cuando llega el momento de conectarse con su jinete, los grifos solicitan autorización para sincronizar. La sincronización se lleva a cabo mirándose mutuamente a los ojos. Esta conexión proviene desde la creación de cada uno de nosotros como seres estelares. Cuando nuestra alma es formada, de igual manera un guardián o grifo es creado. En el mayor de los casos, es casi imposible reencontrarse y más aun si no podemos recordar cada vida que hemos vivido, quiénes hemos sido o de dónde provenimos. Ahora bien, los grifos siempre encuentran su alma interestelar. Es difícil que logren conectarse con seres humanos, la humanidad dejó de creer hace siglos. Hoy día, en el mundo exterior, solo existen en leyendas y mitos. —Saú aterrizó la vimana en una pradera—. Dejaremos la vimana aquí y entraremos en el bosque. —Lo seguí—. Te llevaré con aquel que nos representa. Él es el intermediario entre el mundo exterior y Agartha. Él es el Rey soberano.

—¿El Rey soberano? No había escuchado anteriormente que tuvieran un rey —agregué.

Saú continuó caminando, yo seguía detrás de él.

Por un instante, me perdí en la conversación. Descubrí que estaba muy enfocada en él. Era muy evidente que era diferente al resto. Aquí, todos contaban con la capacidad de sincronizar sus pensamientos, logrando leer lo que yo pensaba. Él no. Por lo menos, no había reaccionado a ningún pensamiento mío hasta el momento.

—Saú, ¿a qué raza perteneces? Eres diferente al resto.

—Soy un híbrido. Mitad atlante y mitad maya.

Me asombré. La civilización maya desapareció hace siglos, de igual manera Atlantis.

—Mayas, la historia habla de ustedes. Sus cosechas eran las mejores, eran prósperos. Luego, desaparecieron —comenté.

—La civilización maya nunca desapareció; emigró. Nuestros ancestros, hace miles de años, hablaron sobre un acontecimiento muy significativo en el planeta Tierra. Pensaron que no importaba la manera en cómo se prepararan, aun así no sobrevivirían. Decidieron emigrar, ir en busca de una posible solución. Durante varios años viajaron el mundo exterior, de un lugar a otro. Un día, encontraron una caverna. El guardián hizo visible una de las entradas al mundo interior y nos permitió entrar. Aquí hemos permanecido durante siglos, siempre atentos al mundo exterior.

En Agartha existen muchas razas, no solamente las que hasta ahora has conocido. Todas nos hemos unido para asistir a la humanidad en un gran cambio —me explicó Saú.

—Todo esto excede las expectativas que tuve. Es asombroso que todo lo maravilloso del mundo deba esconderse —comenté.

—Habrá un despertar masivo. En el mundo exterior existen muchas razas, seres diferentes, provenientes de otros mundos también. Todos con el mismo propósito, diferentes misiones. Deben preparar a la humanidad para ese gran despertar.

— ¿Despertar? —Quería que Saú fuera un poco más específico. Había escuchado en varias ocasiones sobre el gran despertar, pero aún tenía lagunas.

—Un gran despertar de la mentira que nos han inculcado desde siempre. Lo que permanece oculto, saldrá a la luz. Por vez primera tendremos la esperanza de ser verdaderamente libres, pero, antes de esto, habrá un acontecimiento.

—Y, ¿qué exactamente hacen las razas en el mundo exterior, aquellos que trabajan y asisten a la humanidad? —pregunté.

—Millones de tareas que poco a poco han ayudado al planeta Tierra. Muchos de ellos asisten a favor de la naturaleza, evitando la contaminación. Otros llevan un mensaje a través del arte, la música o la escritura, protegen a los niños, dirigen sus caminos. Otros introducen tecnología, educan, dan amor incondicional. Hay muchas maneras, Kiro, pero también hay muchos de ellos. Llevan el nombre de "semillas estelares" —contestó Saú.

Estuvimos conversando mucho mientras caminábamos. Nos sentamos a descansar un poco.

Nos rodeaban muchas clases de flores, de varios colores. Saú continuó hablando.

Yo observaba su rostro, sus ojos, especialmente su mirada. Mi corazón se aceleró. Cambié la mirada hacia el frente. No podía demostrarle, en ninguna circunstancia, lo inapelablemente enamorada que me sentía de él.

Por un instante, solo en ese momento y por vez primera, sentí que nuestros caminos se habían cruzado anteriormente. Lo sentía en mi ser, sentía que mi alma había reconocido su esencia. Él y yo éramos uno.

Al volver en mí, me sentí incómoda. *"¿Cómo puedo pensar así? No es posible. Quizás es un anhelo o un pensamiento. Me siento ingenua al creerlo"*. Aun así, sentía seguridad al estar con él.

—Los Hermes Ingenui, provienen de otro sistema solar. Vinieron a asistir a la humanidad, desde entonces permanecen aquí, en Agartha. Pueden encarnar en humanos y aportar grandes cambios a la humanidad. Buddha, Lao-Tse, Jesucristo, Pythagoras, Apollonio, entre otros, todos aportaron las mismas doctrinas. Todos eran uno solo. —Todo tenía sentido. Había leído mucho a través de los años, era mi momento de escape ante la realidad diaria. Muchos de los temas que leía, me tenían pensando durante el resto del día. Saú me había confirmado muchas cosas y de igual manera había contestado varias de mis preguntas—. Existen también los seres encarnados en Egipto. Los egipcios creían que eran dioses. Ellos intentaron demostrarle a la raza humana que poseían habilidades sobrehumanas, más allá de su propio conocimiento. Quisieron enseñarles a utilizar a nuestro favor y evolución estas habilidades. Ma-at son rojos, son los guerreros que pelean nuestras batallas, luchas diariamente por el ser humano creando balance, orden, justicia, moral y veracidad. Ptah son azules, los protectores de la naturaleza, de la visión, del camino. Por último los Ra; estos asisten en la compasión y comprensión del ser humano. Son dorados y se destacan en proteger la sabiduría humana —culminó Saú.

Al escuchar a Saú, recordé a la mujer azul que veía en mis sueños. Hasta ahora pude entender quién era ella.

—Todo está conectado —contesté.

—Las casualidades no existen, Kiro. Estás aquí por una razón, una razón que ya ha sido discutida desde antes de nacer. Así es con todos —contestó Saú.

Nos pusimos de pie. Ya habíamos descansado lo suficiente como para continuar.

Comenzamos a subir una pequeña colina que había más adelante. Había humedad, mis pies patinaron en la grama y rápidamente mi cuerpo se dirigió hacia el suelo. Saú me sostuvo rápidamente por la cintura, evitando mi caída.

Sentí cuando su brazo derecho me agarró y luego me haló hacia él. Nuestros ojos se encontraron y nos miramos fijamente.

—¿Te encuentras bien? —me preguntó.

—Sí, estoy bien, solo fue un susto —contesté rápidamente mientras recuperaba mi postura.

Continuamos caminando hacia el tope de la colina.

Desde ahí arriba podía ver lo que parecía un océano, la vista era hermosa, era diferente a los océanos en el mundo exterior.

Aunque en Agartha no amanecía ni anochecía, en muchas áreas parecía ser siempre de noche; nos encontrábamos bajo tierra.

He aprendido que el sol interno solo alumbra una gran porción de Agartha, no todo. Mientras más profundo, menos luz. Era similar a estar en una enorme caverna.

Aun así, todo era perfecto. Podía ver luciérnagas alumbrando los bosques que rodeaban aquel misterioso océano.

—Cruzaremos el mar. Al otro lado encontraremos una ciudad, ahí te están esperando —comentó Saú.

—¿Qué ciudad es? ¿Quiénes me esperan? —pregunté con mucha curiosidad.

Saú sonrió.

—Es parte de tu transición, de tu propósito, de quién eres exactamente. Nos dirigimos hacia Atlantis, es ahora una ciudad de Agartha. Ahí te espera el rey soberano, ahí habita.

Me sentía nerviosa.

Saú tomó mi mano y me dirigió.

Luego de caminar varios metros, me encontré con cinco barcos grandes en la orilla. Saú caminó hacia uno de ellos y me asistió al subir.

—¿Son embarcaciones para pesca? —pregunté.

—No, en Agartha no matamos animales para comer, es una de las lecciones más valiosas que he aprendido. Un organismo muerto no alimenta, solo contamina —contestó el.

—Lo olvidé. Estoy viviendo una experiencia maravillosa, inigualable y única. Aun así, es difícil adaptarse a tantas cosas nuevas, todo tan diferente a lo que nos han enseñado durante toda una vida —contesté.

—Y seguirás aprendiendo. Aquí seguiré para dirigirte, tranquila. —Saú sonrió, me miraba fijamente a los ojos. Sentí mi rostro sonrojarse y cambié la mirada—. Estas embarcaciones las utilizamos exclusivamente para cruzar este mar.

Observaba el agua mientras Saú preparaba el barco. El agua estaba iluminada, era una especie de microorganismo que brillaba. Era tan hermoso que no podía dejar de observar, era una especie de bioluminiscencia verdosa y azulada.

A lo lejos, podía observar aves nocturnas volando entre los árboles en el bosque anexo. Escuché un sonido extraño, era una especie de balbuceo y a la misma vez una especie de bisbiseo.

Comencé a ver un movimiento extraño acercarse al barco por el agua, me quedé observando, intentando descifrar de qué o quién se trataba, entonces la vi. Era una mujer, o así la puedo describir. Su cabello era anaranjado, ella era blanca como la nieve.

—¿Acaso eso es una sirena? —le pregunté a Saú muy sorprendida mientras señalaba a la mujer.

No hubo respuesta.

El bisbiseo ahora se había convertido en una especie de chillido muy fuerte, la embarcación comenzó a moverse de lado a lado y entonces lo escuché. Saú gritaba de angustia y dolor.

—¡Saú! ¡Saú! ¿Dónde estás?

No lo veía, Saú había desaparecido.

Desesperada comencé a buscar en el barco, miré hacia afuera, pero aun no lo veía.

—¡Kiro! —gritó, luego se sumergió. Lo logré ubicar. Había sobre él diez sirenas intentando sumergirlo, él luchaba con todas sus fuerzas.

Miré a mi alrededor, no había absolutamente nada que yo pudiera lanzarle para ayudarlo. Me sentía desesperada, todo esto era nuevo para mí, no supe cómo reaccionar y Saú se estaba hundiendo. Me quedé mirándolo aterrada.

Una de las sirenas lo mordió y fue en ese momento cuando mi cuerpo se llenó de una energía estremecedora, sentí cómo mi cuerpo se calentó, mis ojos se llenaron de una energía muy fuerte, lo sentí. Por mi espalda subió una corriente que me quemaba hasta llegar a mi cabeza, cerré los ojos, llené mis pulmones de aire y grité:

— ¡Te ordeno dejarlo ir!

Inmediatamente lo soltaron.

Levanté ambas manos sin tocar ni a una sola de las sirenas y con un solo movimiento estremecedor, las alejé. Era una especie de telequinesis.

Ni siquiera yo misma pude reconocer mi voz ni su tono, era una especie de sentimiento que yacía oculto en mí. Abrí mis ojos, entonces lo vi. Estaba flotando.

Levanté ambas manos nuevamente, esta vez hacia él. Lo atraje hacia mí con el pensamiento, mis manos lo dirigieron elevándolo lentamente hasta ubicarlo en el suelo del barco. Me acerqué a él, había perdido mucha sangre. La herida en el brazo izquierdo era grande, el mordisco que le había realizado una de las sirenas había perforado su arteria braquial.

Se me aceleró el corazón. Lo estaba perdiendo.

Recordé el momento en el que Higía me dirigió cuando Julieta estaba muy enferma, alcé ambas manos ubicándolas encima de su brazo, sin tocarlo.

—Reconozco quién soy, reconozco mi naturaleza y lo que soy capaz de hacer. —Cerré los ojos y comencé a sentir esa hermosa luz brillante sanadora emanar de mí.

Visualicé cómo rápidamente su arteria era reconstruida y su piel cicatrizaba, las células epiteliales de su brazo se reproducían con una rapidez irreconocible.

Entonces, abrí los ojos y Saú me miraba.

Sonreí. Definitivamente sonreí.

—Salvaste mi vida —comentó Saú con debilidad aún.

—Ese es mi deber —contesté.

—Gracias —Saú sostuvo mi mano y la apretó.

—¿Te sientes bien?

—Eso creo. Comencé a escuchar un tipo de susurro, rápidamente supe de qué se trataba. Me acerqué mucho a la orilla del barco a ver si lograba ver a alguna, pero cuando sentí que la embarcación comenzó a moverse, perdí el balance y caí al agua —contestó mientras lo ayudaba a parar—. En todos lados existe el peligro, las sirenas son seres que viajan por todos los océanos en el mundo exterior y nos visitan. No pertenecen a este mundo, por lo tanto, no se rigen por nuestras leyes. Tampoco son muy amigables, solo las hembras atacan. Se alimentan de los hombres, son carnívoras. Muchas veces son incontrolables, se consideran seres liberales y peligrosos —explicó Saú.

Sentí un alivio inmenso al ver que Saú estaba bien. Había algo dentro de mí, quizás muy adentro, que anhelaba todo de él.

—Eres sumamente poderosa. Después de todo lo que has demostrado, debes saberlo y nunca dudarlo —expresó Saú mientras sostenía mis manos. Estábamos de pie, era tan alto que yo tenía que levantar mi cabeza y mirada para poder mirarlo a los ojos.

El resto de la navegación la pasamos en silencio.

Al llegar al otro lado, bajamos del barco.

—Me pregunto, ¿por qué si aquí tienen vimanas utilizan barcos para cruzar? ¿No es más sencillo volar? —pregunté.

—Las vimanas nos transportan de un lugar a otro en todo Agartha, menos aquí, a este punto exacto. Nuestros ingenieros crearon una fuerza magnética que evita, en el mundo exterior, que todo objeto volador pase con éxito. Esto fue creado para protección. De entrar en contacto con esta área, caen, esto aplica inclusive para nosotros. Esa fuerza magnética fue creada por una de las razas que cohabitan aquí, muy evolucionadas en tecnología, con el propósito de proteger a Atlantis. Es considerada la ciudad más importante en el planeta Tierra, el corazón del planeta. Para que tenga efecto afuera, de igual manera debe tenerlo adentro — explicó.

—Todo esto es impresionante —expresé.

—Ya casi llegamos. —Saú sonrió. Ver su sonrisa me ponía muy nerviosa, no me atrevía casi a mirarlo a los ojos.

Caminamos un poco más y llegamos a un pequeño poblado, había varias casas hechas en piedra metamórfica.

—Sígueme.

Caminamos un poco más por un área boscosa, llegamos a un lago y Saú me tomó de la mano izquierda, asegurándose de tenerme justo con él, y entramos al agua. A medida que continuábamos caminando, el camino se hacía más profundo, ya mis pies no alcanzaban el suelo. Nadamos hacia una cascada que quedaba entre unas rocas inmensas.

—¿Ves la cascada? —preguntó.

—Sí

—Vamos a cruzarla.

Comenzamos a escalar unas rocas. Se me hizo difícil, no había escalado anteriormente. Él lo hacía con una facilidad increíble, estiró su brazo y me ayudó.

Logramos atravesar la cascada, estábamos dentro de una especie de caverna, todo ahí se sentía húmedo. Saú se dirigió hacia un agujero bastante estrecho, era casi imposible saber qué estaba ahí sin que se supiera de antemano.

—¿Estás lista?

—Sí.

Una vez entramos por el agujero, con dificultad logramos pasar al otro lado.

X.

—Bienvenida a Atlantis. —Saú estiró su brazo, mostrándome aquel mágico lugar.

Era una ciudad con estructuras en piedra, muy parecidas al poblado que vimos antes de llegar. En aquel poblado no vi a nadie, aparentaba estar solitario, en cambio, aquí había una población. Sus características físicas eran diferentes a las que hasta ahora había visto, parecían humanos, pero había rasgos que los diferenciaban. Eran altos, sus cabellos eran de un tipo de azul claro, metálico. Sus ojos eran azul aguamarina.

—Definitivamente todo es posible —exclamé.

Varios de ellos comenzaron a acercarse a nosotros, nos recibieron con mucho amor.

Su vestimenta era similar a los aborígenes, con la diferencia de que su vestimenta era metálica.

—Hace muchos años mis ancestros llegaron a este lugar, los atlantes los recibieron y los hicieron parte de ellos. Aquí nací, fruto de un amor entre dos razas distintas. Crecí con ellos, aprendí su dialecto y sus costumbres. Con los años, mis padres fallecieron. Eran humanos mortales que debían continuar su transformación. Con el pasar de los años seguí estudiando idiomas, tanto de las distintas razas que existen aquí en el mundo interior, como las del mundo exterior —explicó Saú.

—Bienvenida a Atlantis, Kiro. —Me recibió un hombre alto, de unos seis pies de altura. Su cabello era azul metálico, como el de los demás habitantes, largo hasta los hombros y piel blanca. Aparentaba tener unos sesenta años, si se pudiera contar la edad. Llevaba un taparrabo blanco y unas botas hasta las rodillas, plateadas. Su cuerpo estaba marcado con símbolos, como Saú. En su cabeza, llevaba puesta una corona en cristal con diamantes incrustados—. Te estábamos esperando. Mi nombre es Candor, soy el Rey soberano y habito aquí en Atlantis.

A su lado había una mujer de cabello plateado y ojos aguamarina. Ella llevaba puesto un corsé blanco con diamantes incrustados, brillaba como si tuviera pequeños soles. Llevaba una falda larga blanca, entreabierta a los lados, y unas sandalias plateadas con tirillas amarradas un poco más abajo de sus rodillas. Su belleza era pura.

—Ella es mi esposa, Lyra. Está muy feliz de conocerte. —Candor dirigió su mirada a Lyra.

Lyra me dio la bienvenida. Sus ojos aguamarina estaban llenos de pureza, nobleza, amabilidad y sabiduría. Su rostro y sus ojos brillaban, me miraba con mucho amor.

—Durante años esperamos tu preparación. Desde que fuiste enviada al mundo exterior, tu destino estaba predestinado. Hoy demostraste estar completamente preparada para poder concretar una parte de tu transición, vital y fundamental para la sobrevivencia del planeta Tierra. En tu misión está escrita la salvación de todos. Es un absoluto placer volver a verte —comentó Lyra sonriente. Se acercó a mí y me abrazó fuertemente.

—Es un honor para mí estar aquí hoy con ustedes, gracias —contesté devolviendo su abrazo. Sentí una vibra pura.

—El ser humano es en sí la raza más peligrosa de todas, es la única que se autodestruye, que mata, que contamina. Tú tenías como destino encarnar y ser uno de ellos, es tu mayor prueba de fuego —explicó Candor.

Sentía confusión. No sabía exactamente a qué se refería Candor.

—¿Mayor prueba de fuego? —pregunté.

—Sí. Conocemos exactamente quién eres y todo lo que eres capaz de hacer. Tienes un poder inmenso y único. Aun así, había algo que desconocíamos, si eras capaz de dominar una parte importante del ser humano: el autocontrol bajo la ira, miedo, incertidumbre o desespero. El ser humano, cuando atraviesa alguna situación que le lleva a enfrentar este tipo de sentimientos, tiende a tomar decisiones que pueden ser perjudiciales, olvidando su autocontrol. Hoy salvaste la vida de Saú y lo más importante, no perjudicaste a un tercero. Tomaste la decisión de salvarlo sin dañar, matar, agredir o maldecir a las sirenas que atacaron a tu amado hombre. Con tu poder, con tan solo haber levantado tu mano y haber cerrado el puñado, pudiste haber desvanecido a estas criaturas salvajes, en cambio, utilizaste la sabiduría, tuviste autocontrol y manejaste la situación. Un ser existente, con tu poder y con lo que se te ha de otorgar, es capaz de hacer lo que sea. Un poder tan grande como el tuyo es un privilegio, no se les concede a todos, solo a los escogidos. Kiro, estás preparada.

Todo lo que decía Candor me hacía comprender un poco más muchas cosas, sucesos y acontecimientos en mi vida que no comprendía. Poco a poco iba despertando, ahora entendía que estaba siendo preparada, pero ¿qué acontecería ahora?

Mis pensamientos rápidamente se inclinaron a cómo Candor se refirió a Saú: *"Mi amado hombre"*.

Él tenía razón, Saú era parte de mí, ya no había duda de lo que sentía por él.

—Quiero que nos acompañen. —Candor se dio media vuelta y nos dirigió hacia el centro de la ciudad. Ahí había un árbol protegido por un cerco en oro. Lyra se encontraba junto a mí.

Muchos habitantes de Atlantis comenzaron a llegar y formaron un círculo alrededor del árbol.

—Kiro, este es el árbol de la vida. Sus frutos conceden a la persona escogida vida eterna, la inmortalidad —explicó Candor.

Levanté la mirada para observar la copa del árbol, estaba llena de flores blancas. No pude reconocer qué tipo de flor, no era común. Observé un fruto, este era en forma de esfera y una luz blanca, muy brillante, emanaba de él.

—El árbol solo produce un fruto justo en el momento de otorgar su poder a la persona escogida. El árbol te concede hoy a ti ese fruto —comentó Candor mientras me tomaba de la mano izquierda; Lyra me sostenía la mano derecha. Juntos caminamos hacia dentro del cerco en oro, dirigiéndonos al árbol.

Estaba nerviosa, no sabía exactamente lo que acontecería, pero confiaba plenamente en ellos.

Decidí respirar profundo, luego de varias repeticiones de inhalar y exhalar, me sentí más relajada.

Candor solicitó que me sentara en el suelo, en la base de aquel mágico árbol. Entrecrucé mis piernas y cerré los ojos. Lyra se paró al lado de Candor y ambos se agarraron de las manos.

—Debes escuchar mi voz, debes dejarte llevar por lo que te he de explicar. Comenzaremos con una meditación. Sigue tu intuición, relaja tu mente, despéjala de cualquier pensamiento que no sea de este momento. —Candor comenzó a dirigirme en el proceso.

Sentí como todos los músculos de mi cuerpo se relajaban, mis pensamientos se despejaron. Visualicé que una luz blanca emanaba de mí.

—Visualiza cómo tu poder te rodea. Visualiza que tienes el control absoluto de tu poder, completamente — continuó Candor.

Sentí tranquilidad absoluta. Por primera vez sentí tener el control de todos mis sentimientos, de todo mi ser.

Abrí los ojos y me asusté.

Estaba levitando.

Rápidamente caí al suelo.

—No temas, vuelve a intentarlo. La levitación es un arte que no todos dominan —comentó Candor.

Sentí mi corazón acelerado. Evidentemente esta era una experiencia nueva para mí. Decidí volverlo a intentar.

Cerré mis ojos y me concentré.

Luego de un pequeño lapso de "tiempo" volví a levitar, me sentía más relajada, mucho más confiada. Comencé a recordar momentos de mi vida, experiencias vividas que habían sido una lección para poder llegar hasta aquí. Todo estaba sereno.

Escuché murmullos, provenían de cerca. Al abrir mis ojos, ahí estaban todos. Me encontraba rodeada, todos los integrantes de aquel hermoso lugar estaban junto a mí. Todos se conectaban al tomarse de las manos.

Candor y Lyra dirigían, todos los demás repetían "Inmortalidad" una y otra vez.

Una luz brillante se formó, rodeaba a la multitud, se esparcía rodeándonos a todos.

Candor levantó su mirada hacia el árbol, esta vez el fruto había madurado. Candor levantó su mano derecha y reclamó el fruto. Observé a Lyra, sus ojos emitían luz, parecían dos focos encendidos.

—Es tiempo —comentó.

El fruto dejó lo que antes fue su lugar para llegar a la mano de Candor.

Yo aún permanecía levitando. Candor estiró su mano, brindándome aquel perfecto fruto.

Levanté mi mano izquierda y lo sostuve por primera vez. Era tan brillante que alumbraba todo a mi alrededor.

—Muerde —ordenó Candor.

Acerqué el fruto a mi boca y le di un mordisco.

Era sumamente jugoso y dulce, su sabor no se podía comparar con nada que hubiera probado antes.

Comencé a sentir una corriente recorrer mi cuerpo entero.

—Estaremos contigo, hija —escuché una voz a lo lejos.

Luego, no recuerdo nada más.

XI.

Abrí mis ojos.

Reconocí inmediatamente el lugar, era mi casa en Shambala. Estaba acostada en mi cama.

Miré hacia la ventana, la vista era hermosa como la recordaba.

Miré hacia el otro lado, ahí estaba Saú, junto a mí, sentado en una silla que había junto a mi cama.

Sentí una pequeña corriente en mi abdomen. No esperaba verlo ahí.

—¿Qué sucedió? —pregunté. Recordaba todo lo que había pasado, pero por un momento dado, me pregunté si había sido un sueño.

—Luego de la ceremonia de otorgamiento, necesitaste un período largo para que la transición se concretara. Si aquí se estimara el tiempo, pudiéramos decir que llevas tres días en el proceso —comentó Saú.

—¿Por qué tanto? ¿Has permanecido aquí desde entonces? —pregunté.

—Cada instante —comentó—. El árbol de la vida, como te explicó Candor, echa un solo fruto a la vez justo en el momento que ha de otorgar el privilegio de la inmortalidad a quien se lo ha ganado. Cada fruto lleva consigo un nombre. Candor y Lyra son los únicos autorizados para obtener ese fruto perfecto y concederlo. —Lo miré fijamente a los ojos—. Ya es un hecho, estás lista para tu misión perfecta. Eres la pieza más importante en la travesía que se te ha encomendado. ¿Sabías que los ojos son el reflejo del alma de cada ser? —preguntó Saú, devolviéndome la mirada. En su rostro se dibujó una sonrisa.

Su cabello lo llevaba recogido, encima de la cabeza. Él era perfecto. Llevaba puesta una camisa negra, sus músculos parecía dibujados en ella.

Un fleco de su cabello se le escapó hacia el rostro, se lo acomodé detrás de la oreja.

—Quiero que veas algo. —Saú se puso de pie y caminó hasta una mesa que se encontraba cerca. Tomó un espejo de manos que estaba ubicado encima de la mesa y me lo pasó.

Me acomodé en la cama hasta quedar sentada en la orilla, de frente a él.

—Mírate.

Sostuve firmemente el espejo con ambas manos, sentía mucha curiosidad en saber qué había nuevo en mí que él deseaba que descubriera.

Entonces, me miré.

Sentí una gran impresión al verme. Mis ojos ya no eran negros, ahora eran aguamarina.

—Los ojos son el reflejo del alma, ahora eres inmortal —comentó él.

Sonreí. Me veía diferente. Inclusive me sonrojé. No me agradaba mucho ser el centro de atención, nunca lo había sido, siempre pensé que era mejor pasar desapercibida. Ahora todo eso había cambiado y era un poco difícil acostumbrarme. Era parte de mi personalidad.

Rápidamente busqué un tema de conversación que desviara mis pensamientos, me sentía muy nerviosa.

—He visto niños aquí. ¿Cómo es el proceso de procreación de los habitantes de aquí?

Saú soltó una carcajada.

—Pues la mayoría de las razas que coexisten en nuestro mismo plano, procrean de la misma manera. Me refiero a que son seres sexuales. En nuestra cultura, cuando se escoge a una pareja, se lleva a cabo un ritual. No es como lo conocen en el mundo exterior, no existe el matrimonio. Aquí el ritual une sus almas, haciendo que se encuentren siempre. No existe la infidelidad, no existe la deslealtad. La conexión va más allá, es una conexión que permanece para siempre —contestó él a mi pregunta.

Pasamos lo que pareció ser una eternidad conversando. Comimos y bebimos, todo fue preparado por Saú.

—Dentro de poco saldremos, debemos continuar el recorrido. Aún falta mucho por mostrarte.

—¿Tú no descansas? —pregunté sonriente.

—Sí. Descansé por momentos mientras velé por ti.

Volví a observarlo. Su piel se veía suave, sus labios eran pronunciados, pero no demasiado. Su cabello brillaba.

Su rostro se volvió a mí y se acercó, colocó su mano derecha en mi mejilla, acariciándola.

Mi corazón se detuvo, volvió a latir y se detuvo otra vez; al menos eso sentía.

—¿Estás lista? —preguntó.

—¿Para qué?

—Para irnos. Primero te mostraré las bases. —Sonrió.

—Permíteme prepararme. —Accedí muy nerviosa y sintiéndome tonta al haber pensado que me besaría.

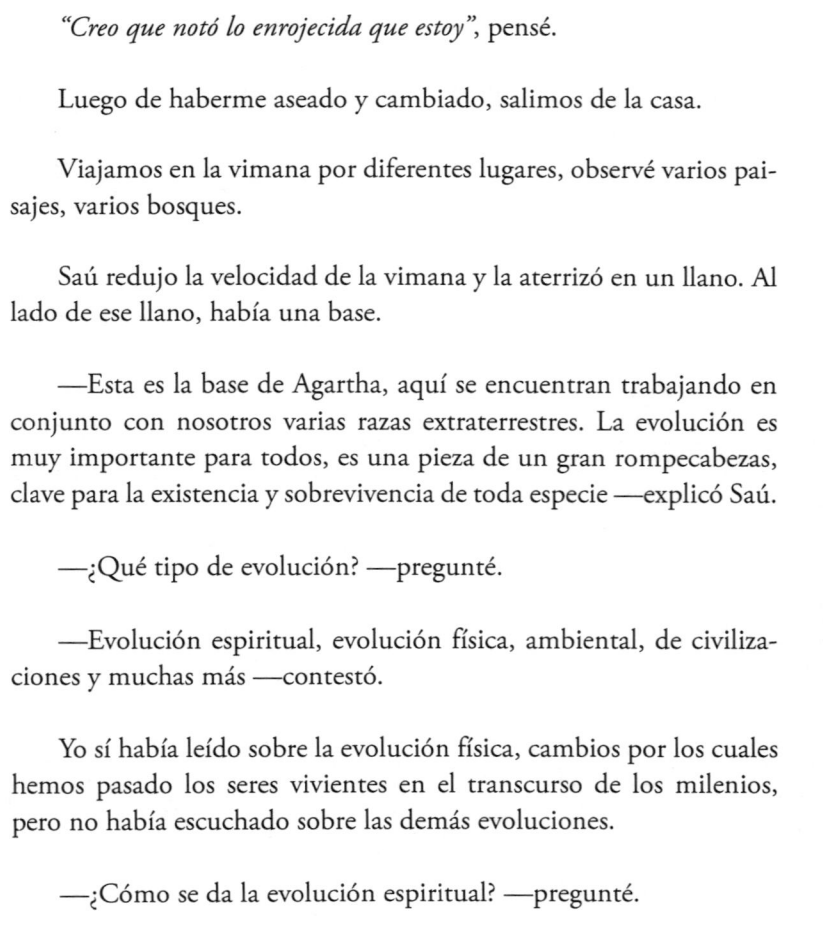

"Creo que notó lo enrojecida que estoy", pensé.

Luego de haberme aseado y cambiado, salimos de la casa.

Viajamos en la vimana por diferentes lugares, observé varios paisajes, varios bosques.

Saú redujo la velocidad de la vimana y la aterrizó en un llano. Al lado de ese llano, había una base.

—Esta es la base de Agartha, aquí se encuentran trabajando en conjunto con nosotros varias razas extraterrestres. La evolución es muy importante para todos, es una pieza de un gran rompecabezas, clave para la existencia y sobrevivencia de toda especie —explicó Saú.

—¿Qué tipo de evolución? —pregunté.

—Evolución espiritual, evolución física, ambiental, de civilizaciones y muchas más —contestó.

Yo sí había leído sobre la evolución física, cambios por los cuales hemos pasado los seres vivientes en el transcurso de los milenios, pero no había escuchado sobre las demás evoluciones.

—¿Cómo se da la evolución espiritual? —pregunté.

En ese momento, mientras hablábamos, nos dirigíamos hacia los adentros de la base.

—Sé que estás ya al tanto de que aquí existe la comunicación telepática, cuando leen el pensamiento. Ellos ya han evolucionado, por eso logran la telepatía. Aun así, continúan cambiando día a día. La tercera dimensión es el cuerpo, la quinta dimensión es otro plano. El ser humano tiene la capacidad de viajar a través del plano astral, su espíritu o alma pueden desalojar el cuerpo terrestre durante meditaciones o mientras duermen. Pueden lograr encontrarse con personas o seres, aun sin haberlos conocido físicamente. Pueden visitar lugares en otros mundos, otras dimensiones. Pueden viajar al pasado o futuro en este plano. Todo esto ha sido posible con la evolución espiritual —contestó.

—Muy interesante —exclamé.

Rápido recordé el día que Higía me asistió para salvar a Julieta. Cada vez podía entender más cómo pasó, cómo pudo dirigirme, cómo pude escucharla.

Llegamos a un lugar en donde habían muchas naves de gran tamaño, mucho más grande que las vimanas.

—Estas naves son utilizadas por las razas que aquí habitan para viajar al mundo exterior y a lugares más lejanos. No siempre se utilizan los portales, esto por diferentes razones. La mayor parte del tiempo salen por el océano Pacífico.

Yo continuaba escuchando y caminando.

En esa base había muchas cosas que jamás había visto antes. Vi flores extrañas, pero hermosas. Observé también animales diferentes.

Saú me tomó de la mano, yo se lo permití.

Caminamos así mientras conversábamos.

Luego de conversaciones, risas y aprendizajes, regresamos a casa.

Al llegar, comimos frutos, vegetales y semillas. Todo sabía magnífico. Mientras comíamos, continuábamos nuestras conversaciones y risas. Saú me contó aventuras de su infancia, aprendizajes de sus ancestros y sobre sus padres. Yo le hablé sobre mi madre, Orealis, la que tanto amaba y echaba de menos a cada segundo. También le comenté sobre Mercurio, la conexión que sentía con él y sobre mi despedida con mis amigos: Aurora, Mau, Jorge y John.

—Ha sido un largo viaje —le comenté mientras sonreía al recordar mis aventuras.

—Tu sonrisa es fascinante —me comentó al escucharme hablar.

Volví a sonreír. Esta vez sentí cuando me sonrojé, eso era inevitable que se notara en mí.

—Tus ojos lucen aún más hermosos con esa luz que emana de ellos. Tienes un brillo en ellos muy especial —continuó.

"Si tan solo supiera que ese brillo es por él. No puedo evitarlo, brillan por él", pensé.

Nos miramos fijamente. Saú sostuvo mi rostro con ambas manos, suavemente, y se inclinó hacia mí.

Cerré mis ojos.

Sentí cuando unió su nariz con la mía, inhalando mi aroma. Inevitablemente, hice lo mismo. Entonces, en ese preciso momento, sus labios se unieron a los míos de la manera más gentil y tierna posible.

Mi sangre circuló mi sistema con más rapidez que antes, los vellos en mi piel se erizaron.

Sus grandes manos acariciaron mi largo cabello.

Estaba demasiado enamorada, él había sido diseñado para mí.

Saú me miró a los ojos y luego besó mi frente.

—Kiro, lo que siento por ti es inexplicable.

—Yo siento lo mismo —contesté.

Saú se acercó y me abrazó. Yo le llegaba al pecho, era muy alto. Sus brazos alrededor de mí me derretían. Era muy musculoso, muy hermoso. Me sentía protegida.

—Cuando te vi por primera vez, algo en mí sucedió. Es como si hubiera despertado de repente de un sueño. Sentí como si mi alma, al verte, te hubiera reconocido de antes —comentó él.

Me sorprendí.

—Es como si nuestras almas hubieran sido creadas la una para la otra y se hubieran reencontrado, entonces, de la nada, te amé —culminé su explicación.

—Exactamente —contestó.

Ambos sentíamos lo mismo, ya era un hecho confirmado. Me sentí feliz.

—Eres muy hermosa, especial y única.

Sonreí.

—Agradezco todo lo que me has enseñado, tu tiempo y compañía. Contigo me siento libre, siento que puedo ser yo. Me siento protegida.

—Así será siempre. Por el momento, debo irme. Regresaré por ti luego de que hayas descansado.

Saú se dirigió hacia la puerta. Antes de salir, se dio media vuelta, me sostuvo por la cintura y me haló hacia él. Se inclinó hacia el frente para poder llegar a mí y me besó brevemente los labios, luego se marchó.

Grité de la emoción por dentro, no quería que me escuchara, no podía perder el control de mis emociones.

Me dirigí hacia mi habitación, tenía un olor magnífico, olía a coco y almendra. Anteriormente había colocado en un pequeño caldero unos aceites que traje de la base, los tenía quemando a fuego lento encima de una de las mesitas. Era una especie de aromaterapia, me hacía sentir relajada.

Busqué un ajuar para vestirme, quería asearme en uno de los ríos cercanos. De momento, me sorprendí sonriendo. No podía dejar de pensar en lo que acababa de suceder, sentía felicidad.

Tomé lo necesario para mi aseo y salí de la casa. Bajé las escaleras y me dirigí a un pequeño bosque. Me sentía segura. Aquí lo más que había era bondad, amor, unión, hermandad.

Me detuve un momento, escuché el sonido del agua correr. Seguí caminando y llegué hasta un árbol con flores azules, hermoso. Al lado de ese maravilloso árbol había una enorme cascada, el agua era cristalina. Observé la cascada, era fascinante, mucho más hermosa de lo que imaginé.

Vi una roca y coloqué en ella lo que traía en mis manos. Me desnudé.

Rápidamente entré al agua, estaba muy fresca. Nadé hacia la cascada y de vuelta.

Había luciérnagas, brillaban majestuosamente.

Sentí mucha emoción. El sonido del agua era fuerte debido al eco que producía. Me encontraba rodeada de paredes cavernosas.

Mientras nadaba y pensaba, comencé a cantar una de las canciones que me cantaba mamá antes de dormir: "Cierra los ojos, mi niña, al despertar aquí me verás. Cierra los ojos, bonita, y comienza a soñar".

—¿Te puedo acompañar? —me interrumpió una voz femenina. Miré en busca de dónde provenía la voz—. No quise asustarte, te escuché cantar y me dio curiosidad saber quién tenía tan hermosa voz. Mi nombre es Shasti —continuó.

Era una de las mujeres agarthanas. Era muy alta, su cabello era negro, le llegaba a la cintura. Sus ojos eran grandes y almendrados, mucho más grandes de lo que para mí era común.

—Hola, Shasti. Mi nombre es Kiro, es un placer conocerte y sí, es un honor que me acompañes —contesté.

—El honor es mío, Kiro. He escuchado muchas historias sobre ti. Te hemos estado esperando.

Shasti se sentó en una enorme roca que había en la orilla.

—¿Cómo te has sentido aquí? —preguntó.

—Por primera vez siento que pertenezco a algún lugar. En toda mi vida, por más que intenté siempre ser parte de algún grupo de personas o lugar, nunca fue así. Desde que llegué aquí puedo ser yo libremente. He aprendido mucho —contesté.

—Lo importante es que aprendas todo, Kiro. No lo olvides.

—Mi perspectiva ha cambiado, ahora veo las cosas diferentes. Poco a poco he ido entendiendo muchas cosas —contesté.

—Yo llevo 102 años de vida, contados según el mundo terrestre —me comentó Shasti.

—Increíble, pareces tener mi edad físicamente.

—Aquí no existe el envejecimiento, es una condición que padecen en el mundo exterior debido a diferentes factores. Lo importante es que comprendas que aquí todo marcha siempre a nuestro favor. No todo el que desee puede entrar aquí.

—Sí, Saú me ha ido explicando todo. Él es humano, perteneciente a los mayas. ¿Existen más humanos aquí? —pregunté.

—Sí, hay varios.

—¿Cómo llegaron hasta aquí?

—Uno de ellos es un hombre. Uno de los nuestros escuchó sus gritos, leyó su pensamiento. Se estaba ahogando cerca de donde entraste tú, en el norte. Su embarcación naufragó y su familia se ahogó, entonces, su vida fue salvada. Es un hombre de muy buenos sentimientos, su aura emana armonía y humanidad. A él se le brindó la opción de quedarse con nosotros o de regresar a casa, él decidió quedarse. Ya no tenía a nadie. Desde entonces, permanece aquí.

Shasti y yo continuamos hablando durante un largo rato. Disfruté mucho de su compañía, me hacía mucha falta un momento como ese.

—Gracias por tan agradable conversación, Shasti —me despedí mientras ella se alejaba.

Luego, salí del agua, me vestí y me dirigí a casa.

Estando ya en mi cama, el cansancio hizo que me quedara dormida al instante.

— Kiro —escuché una voz llamarme.

Abrí los ojos y observé alrededor.

— Kiro, ven.

La voz provenía de una fuente de agua ubicada en una esquina de mi habitación. Una columna de cristal sostenía un gran plato de cuarzo lleno de agua. Por alguna razón, el agua estaba iluminada. Rápidamente me levanté de la cama y me dirigí hacia la fuente.

Al acercarme, observé que el agua iba adquiriendo una forma, una especie de reflejo automático. Me quedé observando. En el agua comenzó a formarse el rostro de mi madre, Orealis. Cubrí mi rostro con ambas manos, la sorpresa invadía mi ser.

—No sabes cuánto gusto me da poder verte, hija.

Mis ojos se llenaron de lágrimas, sentí una emoción increíble.

—Mamá, sabes que te he extrañado mucho, dejarte ha sido lo más difícil que he tenido que hacer.

— Lo sé, así tenía que ser. Desde el inicio de tu tiempo en la tierra, tu destino había sido escrito. Todos te lo han confirmado ya en varias ocasiones. Yo siempre estuve al tanto de todo, jamás te hubiera detenido. Justo como pasaron las cosas, tenían que ser. La noche en que te fuiste, Menthe vino a verme en un sueño, fue entonces cuando supe que tu misión había iniciado. Kiro, enfrentarás grandes retos, confía en tu intuición. La restauración del planeta Tierra está en tus manos, grandes cambios ocurrirán, será tu responsabilidad devolver el orden. No temas, jamás estarás sola. Hoy pasaré a otra etapa de mi historia, antes quise verte. Todo está bien, todo estará bien. Cuando nos volvamos a encontrar mi alma estará en otro cuerpo, cumpliendo una nueva historia. Gracias por existir y ha sido un honor para mí ser parte de este mágico movimiento.

—Te amo, mamá. Jamás lo olvides. Gracias por todo lo que hiciste por mí, siempre he sido feliz, siempre he sido amada, gracias. Hasta entonces, mamá.

— Hasta entonces, mi amor.

XII.

Escuché cuando tocaron la puerta. Ya estaba vestida.

Había acordado con Saú continuar hoy el recorrido.

Abrí la puerta, era él. Vestía con una camisa de manga larga negra, unos pantalones negros y unas botas. Su cabello suelto, recién lavado.

—¿Cómo te sientes? —preguntó.

—Bien —contesté, siempre nerviosa.

—Vine a buscarte, quiero que comamos. Hoy el día transcurrirá diferente, nos están esperando.

—¿Quiénes?

—Los Hermes Ingenui. Solo puedo decirte que es muy importante —contestó.

Saú se acercó a mí y besó mi frente. Sus manos se deslizaron por mi rostro, su nariz aterrizó en mi cabello. Alcé la mirada hacia él y sus labios se unieron con los míos apasionadamente.

Saú despegó sus labios de los míos.

—Te ves hermosa, radiante.

Yo llevaba puesta una camisa pegada, de manga larga, color oro. Un pantalón negro pegado a mi cuerpo y unas botas negras que me llegaban a mitad de piernas. Mi cabello hoy lo llevaba con una cola, adornado con un pañuelo del mismo color de la camisa.

—Gracias, igual tú —contesté.

Él me tomó de la mano y nos dirigimos hacia la vimana. Luego de un corto viaje, llegamos cerca de una montaña.

—Nos esperan en la cima de esa montaña —comentó.

Miré hacia arriba, la montaña no era tan alta.

Saú me sostuvo de la mano y caminamos hasta tener la montaña de frente.

—Tenemos que escalarla —dijo Saú.

Permanecí en silencio brevemente.

—Nunca he escalado a esa magnitud.

Me sentía muy nerviosa.

—Yo te ayudaré. ¿Confías en mí?

—Sí

—Entonces, subamos.

Comenzamos a subir poco a poco. Él, en todo momento, dictándome hacia dónde yo debía pisar, hasta que llegamos. Era necesario escalar, no había espacio para dejar la vimana.

Arriba había una apertura; entramos.

Había un túnel de varios metros, al otro lado había una caverna con la diferencia de que ésta estaba alumbrada por varias esferas de luz que aparentaban aparecer mágicamente en varias áreas de la caverna. En este mundo, todo era perfecto.

En el centro observé una mesa grande, larga, con diez sillas ya ubicadas. En ocho de ellas había alguien ocupando un lugar. Noté la presencia de los Hermes Ingenui y cuatro integrantes que no había visto antes. Uno de ellos era de piel oscura, otro era blanco, casi como la nieve. Ambos sin cabello, vestían con traje y corbata, todo negro. Tenían zapatos muy brillosos, impecables. Medían aproximadamente seis pies con tres pulgadas. Los otros dos caballeros eran de menor tamaño, algunos cinco pies, quizás. Eran de piel oscura, ambos vestían con un suéter azul índigo, pantalón negro y zapatos del mismo color de su camisa.

Saú sostenía mi mano aún.

—Kiro —escuché la voz de Higía—, acércate.

Observé dos espacios vacíos aún, asumí que uno era para mí y el otro para Saú. Me dirigí hacia la mesa a ocupar mi lugar. Saú me siguió.

—Siéntense, por favor. Estábamos esperándolos —Higía continuó.

Me sentía intrigada. Deseaba conocer la razón de esta reunión, deseaba saber quiénes eran esos cuatro hombres que hoy nos acompañaban.

Saú y yo ocupamos los dos lugares restantes a la mesa. Hubo un silencio antes que Ágape tomara la palabra.

—Kiro, estábamos esperándote. Deseamos ponerte al tanto sobre unos acontecimientos que han ocurrido en el mundo exterior.

Debemos ir dándote a conocer sobre nuestra unión con seres en el mundo exterior. Hoy, nos acompañan Rubén y Mateo. —Ágape señaló a los otros dos hombres que nos acompañaban, ambos vestían de azul—. Estamos al tanto de lo mucho que has aprendido desde que llegaste a Agartha, has aprendido sobre la agronomía, agricultura, el arte de la sanación, sobre nosotros y cómo operamos. Sabemos que poco a poco te has ido empapando de información vital para tu misión, vas muy bien. —Ágape dirigió su mirada hacia Rubén y Mateo, luego los señaló—. Ambos trabajan para la agencia secreta de uno de los gobiernos del mundo exterior. Muchas cosas han cambiado, ellos trabajan en conjunto con nosotros a beneficio de la raza humana. Ellos son los comunicadores entre ambos mundos. Como ellos, hay miles. —Luego, dirigió su mirada hacia los dos hombres que vestían de negro—. Ellos son Zaphir y Osiris, ambos tienen otro tipo de misión. Ellos pertenecen a la organización conocida como "Los hombres de negro". No todos conocen sobre esta organización y su existencia, ellos tienen como propósito principal proteger el secreto de la existencia de razas sobrenaturales que habitan en el mundo exterior, intentando cumplir sus misiones. Existen muchas cosas inimaginables, secretos que aún la humanidad no está lista para conocer, por lo menos así ha sido desde el inicio del tiempo en marcha. Durante eones, han existido razas habitando el planeta exterior. Todo cambió cuando el ser humano fue creado; poseen habilidades sobrenaturales, capaces de hacer todo posible, pero los Lacerta decidieron intervenir con maldad, haciendo de ellos esclavos, durmiéndolos hasta el fin de los tiempos. El ser humano perdió sus habilidades, al menos eso les hacen creer. Lo que ellos no saben es que solo están dormidas, tu misión es ayudarlos a despertar. Acontecimientos extremos han surgido, es tiempo de regresar. Hasta este momento los hombres de negro han intervenido cuando la exposición de nuestra existencia se ha visto en riesgo —explicó Higía.

—¿Cómo exactamente han intervenido? —pregunté.

—Sencillamente eliminando toda evidencia. Hasta el momento, el exponernos sería muy riesgoso, nuestras civilizaciones correrían un grave peligro. Aún el ser humano duerme, los Lacerta han creado mucha destrucción —contestó.

—Muchas razas alienígenas han sido enviadas a asistir sin mencionar quiénes verdaderamente son. No pueden imponer nada, el ser humano debe despertar por voluntad propia. Esa ha sido la encomienda más difícil. Esa guerra aún no ha sido ganada, ustedes, en su momento, harán que eso cambie —explicó Mammon.

La mirada de Ágape era penetrante, aun así, llena de amor.

—Solicitamos tu presencia aquí hoy para dejarte saber que pronto regresarás al mundo exterior. Deberás comenzar tu encomienda lo antes posible. Estás lista, muy pronto recibirás la señal. Muy pronto. Mientras tanto, continúa aprendiendo. Estarás bien, estarán a salvo tú y tu equipo. —continuó Mammon.

—¿Quiénes irán conmigo? —pregunté, sabiendo que no iría sola.

—Te acompañarán tres seres, serán parte de tu herramienta para cumplir tu misión. Ellos deberán estar contigo en todo momento. Cada uno tendrá una apariencia física humana diferente a como en realidad son. Todos llevarán sus verdaderos nombres. El primero será un ser rojo proveniente de las Pléyades; ha permanecido en Atlantis. El segundo, será un tritón proveniente de Neptuno; es considerado uno de nuestros mejores ingenieros, su alta tecnología será necesaria. Por último, Saú —continuó Mammon.

Al escuchar el nombre de mi gran amor, sentí una corriente estremecer mi cuerpo. Sentí tranquilidad, felicidad. Ahora sí, estaba completamente preparada.

—Saú siempre será tu acompañante. Su misión es estar contigo, ir al unísono contigo, salvar la raza humana. A él también encomendamos el proceso. Deben ambos saber que han vivido muchas vidas, siempre encontrándose. Sean felices —comentó Ágape.

Saú y yo nos miramos; era por eso que desde el primer momento sincronizamos.

—Por el momento daremos por terminado este encuentro. La próxima vez que nos veamos, el proceso les será explicado.

—Gracias a todos, por todo. Siempre es un placer ser parte de esta encomienda.

Saú y yo nos pusimos de pie. Los cuatro seres que acababa de conocer inclinaron su cabeza en reverencia.

Procedimos a regresar por el túnel.

Sostuve su mano fuertemente, él me hacía sentir siempre segura.

—¿Estás bien? —me preguntó.

—Sí

—¿Estás lista para una aventura inolvidable?

—Siempre —contesté.

Saú sonrió, pasó su mano por mi mejilla, luego besó mi frente.

—Ven, te mostraré algo fascinante.

Caminamos en dirección opuesta de donde habíamos dejado la vimana.

—¿Hacia dónde vamos? —pregunté.

—No se permiten preguntas, es una sorpresa —contestó mientras sonreía.

Nos rodeaban montañas muy altas, pero nos dirigimos hacia una más pequeña que las demás. Esta vez se me hizo más fácil escalarla, pude disfrutar del proceso. Una vez llegamos a su cima, observé. Mis ojos contemplaban un paisaje mágico, perfecto. Se podían apreciar las montañas que nos rodeaban, las casas en oro perfectamente organizadas. Los árboles majestuosos adornaban el paisaje, habían cascadas en varias áreas de aquel hermoso lugar. Me perdí en esa vista por un pequeño instante.

Cuando volví en mí, Saú me observaba con una sonrisa.

—Deseo hacer algo contigo —comentó.

—¿Qué sería eso que deseas hacer? —pregunté. Sentí mis mejillas sonrojarse.

—Debes confiar —contestó. Sus ojos brillaban.

Saú se acercó a mí, me miraba fijamente a los ojos. Agarró mis manos, atándolas a las suyas. Cada instante se acercaba más y más a mí. Sentí su suspiro en mi cuello. Cerré mis ojos.

—¿Confías en mí? —me preguntó al oído.

—Sí

—Mantén tus ojos cerrados, no los abras hasta que te indique —continuó susurrándome al oído. Su tono de voz era agudo.

Saú me agarró con ambas manos por la cintura, levantándome suavemente hasta que mis piernas quedaron entrelazadas en su cintura. Mis brazos lo abrazaban fuerte por encima de los hombros.

—Sostente fuerte —recalcó, justo antes de lanzarse al vacío.

Mi reacción principal fue comprimir ambos brazos y piernas, asegurándome de no caer.

Saú rápidamente silbó de una manera peculiar tres veces corridas, luego de un instante, sentí cómo de sopetón caímos encima de algo.

—Abre los ojos, Kiro.

Al abrir mis ojos pude ver una gran parte de Agartha. Nos encontrábamos ascendiendo, volando a una gran altura.

Miré rápidamente en qué volábamos, estábamos montados encima de un pterodáctilo. No lo podía creer, solté una sonrisa de emoción, esta experiencia era encantadora.

Saú me ayudó a acomodarme para que quedara sentada frente de él. Cerré mis ojos y extendí mis brazos, disfrutando cada instante de ese preciso momento. Sentí cómo el aire penetraba mis pulmones y llegaba a cada alveolo en ellos. Sentí mi circulación, escuché cada palpitación que mi cuerpo daba. Me encontraba en un momento de relajación y conexión con la naturaleza.

Abrí mis ojos nuevamente para observar a aquel majestuoso ser. Tenía enormes alas, su color marrón oscuro. Observé que tenía escamas. Su rostro era alargado y tenía un pequeño lomo encima de su cabeza.

—Existen

—Son los seres más amigables que puedas conocer. Son tiernos, amorosos y muy leales. Su nombre es Quetz, mi fiel amigo. Este es el pterodáctilo más grande que ha existido, el Quetzalcóatl. Lo conocí el primer día que visité este lugar —comentó Saú.

—Es majestuoso —expresé.

Quetz nos llevó hacia un lugar que no había visitado aún, era el este de Agartha.

Desde arriba observé criaturas magníficas mencionadas en algún momento por historiadores en el mundo exterior.

Saú señaló hacia un prado enorme.

—Ahí están los saurópodos, los tetrópodos y los ceratopsianos. Muchos fueron encontrados por nosotros al viajar en naves en algún momento de la historia, luego de una terrible invasión. Los que sobrevivieron fueron ubicados aquí para poder proteger su existencia. Así sucedió con otras especies y razas —explicó.

—Quetz, acércate al mar.

Quetz rápidamente se acercó al mar y nuevamente Saú silbó, esta vez fueron dos veces.

Del mar salieron criaturas hermosas, parecía que sonreían al verme.

—Estos son los ictiosaurios, muchos han evolucionado hasta convertirse en lo que hoy conoces como delfines. Aquel otro es el Leviatán, es el guardián de los mares. Viaja constantemente hacia el mundo exterior, siempre vigilante. La historia menciona que fue escogido por Poseidón. —explicó Saú.

—El Leviatán es muy grande —comenté. Podía observar solo una parte de él, la otra parte se encontraba sumergida en al agua.

—¿Quieres acariciar uno? —me preguntó, refiriéndose a los ictiosaurios.

—Sí

No podía desperdiciar esa oportunidad, quizás no volviera a darse. Recordé lo que habían comentado los Hermes Ingenui, que pronto regresaría al mundo exterior.

—Vamos a lanzarnos.

Y en un abrir y cerrar de ojos, nos lanzamos al agua.

Una vez salí a la superficie, noté que nos rodeaban sobre veinte ictiosaurios. Todos nadaban amigablemente, varios de ellos emitían chirridos similares a los delfines. Disfruté cada minuto. Mi corazón sentía armonía.

Conectar con los animales es una experiencia que todos debemos vivir, no solo mirarlos o tenerlos, sino conectar con ellos, recibir la trasmisión de sus pensamientos. Podemos ser capaces de sincronizar y comunicarnos.

Luego de un largo momento, Saú me ofreció regresar a casa. Accedí.

Durante el resto del tiempo de mi travesía en Agartha, pasé muchos momentos estudiando, aprendiendo y entendiendo. En todo el proceso Saú me acompañaba. Tenía presente a cada instante que pronto regresaría y deseaba aprovechar mi tiempo.

Logré acostumbrarme a la vida en Agartha, me acostumbré a su estilo de vivir, a sus integrantes y más aun, me acostumbré a todo el amor que me rodeaba. Aprendí a descubrir quién soy y desarrollé habilidades que desconocía, ahora utilizo el noventa por ciento de mis habilidades sobrenaturales, soy capaz de hacer todo. Estoy preparada.

XIII.

Frente de mí yacían los Hermes Ingenui. Había llegado el momento de comenzar mi misión.

Saú sostenía mi mano derecha, yo observaba a mi alrededor. A mi lado izquierdo había un ser de piel roja. Sobresaliendo el mar que nos rodeaba estaba el tritón, mitad pez y mitad hombre. Era muy hermoso, su cabello era dorado y su piel blanca, tenía los ojos verdes y brillosos.

—Queremos presentarte a Asle, él te protegerá en todo momento, será tu guardaespaldas siempre; donde quiera que vayas, ahí estará él para protegerte. Ha sido la misión más importante que se le ha otorgado: Cuidar de ti. Asle tiene nuestra absoluta confianza, es el mejor guerrero que haya existido en nuestra historia. Una vez lleguen al mundo exterior, para Saú y para ti seguirá con su apariencia natural, pero para el resto del mundo aparentará ser un aborigen —se refirió Menthe, señalando al ser de piel roja como el rubí. Al observarlo bien noté que su piel estaba llena de cicatrices, una de ellas muy peculiar ubicada en su pecho—. Él te protegerá, se asegurará de que nunca te pierdas y siempre encuentres el camino. Aun así, no dejes nunca de guiarte por tu intuición, tu proceso de aprendizaje no ha acabado aún. —Yo continuaba escuchando y estudiando a mis nuevos acompañantes. Me sentía nerviosa, estaba a punto de regresar al lugar donde en algún momento dado tuve mi vida, a mi madre, mis amigos—. Dmitri, nuestro ingeniero, es alquimista, físico, astrólogo, matemático... todo lo relacionado a la ciencia. Su misión es introducir al mundo la tecnología avanzada, la cual será necesaria. Todo irá transcurriendo acorde a un plan, es parte de tu encomienda, Kiro —culminó Menthe.

—Vayan y vístanse, es hora de abordar la nave —comentó Mammon.

Todos vestíamos de negro. Entramos a una gran nave en forma de plato que esperaba por nosotros. Nos encontrábamos en la base, la misma que había visitado anteriormente con Saú.

—Llegarán rápido, justo al alba, es uno de los momentos perfectos. No deben demorar más. Recuerda, Kiro, estaremos siempre presente. Nos volveremos a ver —culminó Mammon.

Todos entramos a la nave por un declive en la entrada. La nave era de un gran tamaño, parecía estar hecha de titanio. Por dentro todo era basado en una tecnología sumamente avanzada.

Cada uno de nosotros tomó asiento en las sillas vacantes, cuatro, para ser exacta. Una vez en nuestras posiciones, la rampa cerró. Las sillas estaban pegadas a las paredes de la nave dejando un gran espacio en el centro.

Una vez ya en mi lugar, cerré los ojos. No podía evitar sentirme nerviosa. Sentí cuando Saú sostuvo mi mano, estaba sentado a mi lado derecho. Abrí los ojos y dirigí mi mirada hacia él. Traía el cabello amarrado, se veía muy apuesto, le sonreí. Él me hacía sentir siempre mejor.

—Te amo.

Mi corazón se detuvo y mi estómago fue invadido por una corriente extrema. No cabía duda alguna, yo también lo amaba.

—Te amo —le contesté. Era inevitable, nuestras almas habían sido creadas de maneras exactas.

Sentí cuando la nave ascendió.

—Nadie en el mundo exterior podrá vernos, la nave está hecha con una tecnología muy avanzada, desaparecerá ante el ojo humano. Estaremos utilizando un portal —explicó Dmitri.

—Esto será rápido — expresó Saú, aún sosteniendo mi mano.

—Llegando a nuestro destino en, 3, 2, 1 —continuó Dmitri, quien desde su computadora manejaba la nave.

Sentí cuando descendimos lentamente; habíamos llegado en solo minutos.

—Hemos llegado. Nuestra ubicación es Hoia Baciu, Romania. Entramos por un portal que conecta a Agartha con este bosque, el portal siempre permanece abierto. No habitan personas aquí, tampoco frecuentan. El bosque emite unas ondas de frecuencia micromagnética que crean unas reacciones físicas poco agradables en el cuerpo humano, eso los mantiene alejados. —Dmitri se levantó de su silla—. Gracias a todos por acompañarme, es un honor y privilegio para mí tenerlos conmigo.

Noté cómo todos movieron sus cabezas levemente en forma de reverencia, me quedé estupefacta. He observado ese gesto en varias ocasiones.

Procedimos a salir de nuestros asientos, ya la rampa se encontraba abierta. Respiré hondo y bajamos de la nave.

Primero salió Asle, luego bajamos los demás.

Asle llevaba en su espalda una espada enorme hecha de oro con un rubí incrustado en la empuñadura.

Estábamos en el centro de un bosque. Era extraño que tuviera tan pocos árboles, los bosques son frondosos.

La madrugada estaba llena de neblina y humedad. Se sentían muchas ondas vibratorias, parecía que no estábamos solos. El ambiente se sentía denso, era un poco difícil de explicar, se sentía muy diferente a antes.

Comenzamos a caminar lentamente estudiando nuestro alrededor, estaba oscuro.

—¿En qué luna estamos? —pregunté.

Dmitri rápidamente buscó en su computadora.

—Estamos en luna negra, por eso la falta de luz. Fecha actual 29 de marzo, 2121 —contestó Dmitri.

—¿Año 2121? —pregunté sorprendida.

Sabía que me iba a enfrentar con algunos cambios, pero habían pasado casi seis siglos desde que entré a Agartha. El planeta Tierra exterior era completamente otro al que dejé, ya no existía nada de lo que una vez conocí, todo había cambiado.

—Antes de continuar, debes estar al tanto de los acontecimientos. —Asle se acercó a mí y colocó su dedo índice en medio de mis dos ojos—. Visión a Kiro.

Rápidamente, imágenes comenzaron a aparecer en mi mente.

Vi eventos históricos, eventos importantes que con el pasar de los años fueron aconteciendo. Lo primero que vi fue la imagen de John regresando al lado de Aurora el día que me llevaron a la entrada de Agartha, ella lloraba, John la abrazó. Durante el camino de regreso a casa conocieron a un viejo mercader el cual resultó ser acaudalado, Aurora se convirtió en la dama de compañía de su esposa y John en la mano derecha del mercader. John, Mau y Jorge se hicieron cargo de su negocio y durante el lecho de muerte del viejo mercader, les dejó todo. Mis amigos encontraron su hogar.

Vi también cómo un grupo de personas cazaban mujeres dedicadas a la naturaleza, los animales y las energías. Fueron acusadas injustamente y condenadas a una pena no merecida. Así fue como se detuvo el avance de la ciencia mágica y la llamaron ocultismo.

Vi cómo imperios se levantaron e igualmente cayeron. Poco a poco fueron introducidos métodos controladores y el humano quedó controlado a gran magnitud.

La tecnología fue introducida.

Guerras surgieron.

Ataques silenciosos.

Dolor y tristeza.

Ya no quedaba nada seguro, entonces el mundo fue atacado, la vida cada vez era más fugaz, nuevas enfermedades fueron introducidas.

Poco a poco la naturaleza fue muy lastimada, los árboles que quedaban se podían contar, ya no quedaban animales. Ahora solo permanecía la sobrevivencia; el miedo y la desesperación eran el alimento principal para los que ahora gobernaban el mundo entero: los Lacertas.

Asle retiró su dedo de mí, caí de rodillas al suelo, sollozando.

—Ahora tu misión es restaurar el mundo, reestablecer lo que una vez fue la naturaleza, regresar la magia, la libertad. Levántate, Kiro. Tu misión está escrita —ordenó Asle.

Limpié mis lágrimas.

Saú estiró su mano hacia mí, la sostuve y rápidamente me haló hacia él. Al sentir sus palpitaciones me sentí segura, yo no estaba sola, lo tenía a él y ahora el destino me había puesto a nuevos seres en el camino.

Continuamos caminando y salimos del bosque. Afuera no se veían muchos árboles, podía contarlos con facilidad. Estaba amaneciendo. Frente a nosotros había un camino que conectaba a una carretera principal. Todo se veía desierto.

Luego de un largo recorrido, logramos ubicar un pueblo. Había una iglesia con una cruz muy grande en la punta de su techo. Más adelante vimos una escuela, oficinas de notarios y tiendas. Todo estaba identificado con letreros que parecían haberse desgastado con el tiempo y el clima denso.

Ninguna de las tiendas tenía mercancía, daba la impresión de que se habían llevado todo luego de haberle hecho un hueco al vidrio con una piedra, al menos eso parecía.

—Vamos a dividirnos y ver si logramos encontrar algún sobreviviente —indicó Saú.

Dmitri se dirigió hacia una tienda de vehículos cerca, con Saú, mientras que Asle y yo nos dirigimos hacia la iglesia. Al entrar, notamos que todos los bancos permanecían intactos. Las mesas se encontraban limpias, bien puestas y con pañuelos blancos. Cada una de las ventanas tenía un pedazo de madera que evitaba que entraran los rayos del sol.

—¿No te parece que todo está muy organizado aquí en comparación con el resto del lugar? —pregunté en voz baja.

—Sí. Debes estar alerta —contestó Asle.

A mi mano derecha había un cuartito. Sigilosamente me dirigí hacia la puerta, sostuve la perilla cautelosamente y abrí. Adentro la habitación estaba llena de suplidos, de alimentos embutidos y galones de agua un poco turbia. Había fármacos, equipos de primeros auxilios y libros.

Salí de la habitación en busca de Asle. Noté que él estaba detrás de una columna, cerca de la puerta principal. Levantó su dedo índice y lo colocó frente a su boca, en señal de silencio, y con la otra señaló hacia afuera.

Procedí a esconderme detrás de una columna que se encontraba frente a él, luego de unos segundos entró un hombre, en su mano derecha sostenía un rifle y llevaba puesta una sudadera roja con una capucha y un pantalón negro.

Al entrar, me pareció que sintió algo diferente pues se detuvo de sopetón y sostuvo el rifle con ambas manos, lo levantó con firmeza y buscó.

Asle salió de donde estaba y se mostró ante él, rápidamente el hombre, al ver a Asle, se dio media vuelta y lo señaló con el rifle.

—¿Quién eres, indio? ¿Qué quieres? —preguntó el caballero.

—Mi nombre es Asle. Ella es Kiro.

El hombre, al percatarse que Asle no estaba solo, dio dos pasos hacia atrás.

—¿Qué quieren de mí? Respeten la casa del señor y salgan de aquí.

—No es nuestra intención o interés hacerle daño, vinimos a ayudar —contestó Asle con voz serena e intentado convencer a aquel hombre.

—¿Ayudar cómo? ¿Acaso no sabe usted que nadie puede ayudar? Esta situación se ha salido de control, ahora solo los que ceden a hacer lo que ellos desean son los que logran conservar sus vidas. Yo no pienso ceder, llevo mi vida entera en devoción con Dios y me mantendré firme a mis principios —contestó el hombre. En su voz se podía detectar el desespero y sufrimiento. El miedo abacoraba su ser.

—¿Está usted solo? —preguntó Asle mientras se dirigía a uno de los bancos de aquella iglesia.

—No, no ando solo, Dios siempre está conmigo. Hasta ahora he logrado seguir su voluntad y sobrevivir a este martirio, pero mi familia no corrió con la misma suerte. Hace unos meses, temprano en la mañana, salí en busca de sobrevivientes como de costumbre, pero al regresar no estaban mi esposa e hijo. No sé si se los llevaron, si los mataron o si los tienen cautivos. ¡No sé nada! —el hombre bajó el arma y comenzó a llorar.

Rápidamente me acerqué a él, coloqué mi mano izquierda en su espalda y la derecha en su pecho.

—Tranquilo, buen hombre. Vinimos a ayudar, confíe en mi palabra —le dije mientras notaba un rápido cambio en su aura.

—Mi nombre es Akos, soy un fiel servidor cuya devoción fue siempre mantener esta iglesia en pie. Por alguna razón, confío en usted, señorita —contestó Akos. Secó sus lágrimas y me invitó a sentarme junto a Asle. Colocó su arma en uno de los bancos anexos y nos ofreció algo de comer—. He logrado almacenar alimento y suplidos. Salgo a diario en busca de algún sobreviviente. Al parecer llevo meses siendo el único integrante en este pueblo. El día que regresé y no encontré a mi familia, salí nuevamente en busca de respuestas. No había nadie, es como si la tierra se los hubiera tragado sin darme cuenta. Entré a los supermercados, farmacias y tiendas cercanas, me he traído todo lo que queda con la esperanza de poder escapar. No me he atrevido a salir del pueblo por miedo a quedarme sin recursos, por miedo a no encontrar nada. Tengo miedo de que me perciban. —Akos se dirigió al cuarto lleno de suplidos y luego de unos minutos, regresó con unos panecillos y agua. —¿Están ustedes solos? —preguntó mientas nos brindaba la comida.

—No, somos cuatro. Los otros dos integrantes están cerca —contestó Asle, probando un bocado del pan.

Akos haló una silla que estaba ubicada en una mesa cerca, la colocó frente a nosotros y se sentó.

—¿Qué plan tienen para acabar todo esto? —preguntó.

—¿Cómo han ido transcurriendo las cosas? —preguntó Asle.

—Vean, desde hace algunos años las cosas comenzaron a cambiar. Todo era dinero, sin dinero no se podía vivir, sin dinero no se podía comer, vestir, entretenerse. La pobreza comenzó a acaparar ciudades, el hambre arrebataba vidas, ya no se podía mantener un hogar justamente, apenas alcanzaba para comer. Entonces, un día se comenzó a regar un rumor sobre un grupo de personas que ofrecían una vida plena, llena de riquezas, a cambio de brindarles un servicio. Los medios noticiosos lo confirmaron y las personas comenzaron a interesarse, muchos ya habían perdido su libertad a cambio de no volver a pasar hambre ni un solo día más. Luego de un tiempo, el noventa y ocho por ciento de la humanidad había cedido. Con el tiempo, el ambiente comenzó a tornarse hostil, peligroso y sospechoso, entonces, aquel humano que se negara a cumplir cualquier mandato era aniquilado. No fue hasta el año pasado que se supo de qué se trataba todo esto. El planeta Tierra había sido invadido sigilosamente, entidades llegaron al planeta disfrazados, camuflajeados, engañando. Se conocen como los Lacerta, son perversos, su objetivo principal es gobernar —explicó Akos.

—¿Dónde están? —preguntó Asle.

—Están en todos lados, pero su líder permanece oculto y custodiado en todo momento. No sé dónde, todo esto lo mencionó el farmacéutico del pueblo antes de que todos desaparecieran. No sé nada más —contestó Akos.

Asle se puso de pie.

—Nosotros pertenecemos a un grupo secreto, vinimos a ayudar. Ha sido usted de gran ayuda, querido hombre. Su alma es pura, dice usted la verdad. Ahora, debemos continuar nuestro camino. Gracias.

Asle y yo nos dirigimos hacia la puerta, al salir notamos que Dmitri y Saú se acercaban. Saú abrió los brazos y con una hermosa sonrisa dibujada en su rostro, me abrazó.

—Logramos encontrar un método de trasporte que nos ayudará a conservar recursos hasta llegar a nuestro destino —comentó Saú.

Comenzamos todos a caminar siguiendo a Saú hacia la tienda de vehículos cerca de la iglesia. Los vehículos que había estaban todos con los cristales rotos y gomas vacías.

—Al parecer quienes estuvieron aquí se aseguraron de que nadie pudiera salir —comentó Dmitri.

En la parte de atrás de la tienda había una puerta abierta. Saú señaló unas cajas en la entrada.

—Todas estas herramientas y cajas estaban cubriendo la puerta. Dmitri y yo la descubrimos y movimos todo. Cuando abrimos la puerta, encontramos tres motocicletas. Dmitri las verificó y están en condiciones para llegar a Italia —explicó Saú.

—Según mis cálculos, debemos estar llegando en menos de diez días. Esto es, haciendo paradas de descanso. Debemos permanecer todos juntos en todo momento. Me tomará aproximadamente ocho horas el hacerlas todas eléctricas. Kiro podría cargarlas —Dmitri me miró y sonrió.

Le devolví la sonrisa. Asomé mi cabeza por la puerta, había tres motocicletas un poco oxidadas.

—Pasaremos aquí la noche. Por el momento, asistiré a Dmitri en la modificación de las motocicletas —comentó Saú, dirigiéndose hacia ellas.

—¿No es más fácil llegar utilizando un portal? Nos podemos ahorrar el tiempo —recomendé, sabiendo que era posible hacerlo.

—Existen varios portales en el planeta, muchos permanecen abiertos todo el tiempo, otros solo aparecen en fechas específicas durante el año y algunos solo una vez cada cien años. Acabamos de llegar por el portal principal de esta región, el próximo está en Vladivostok, Rusia. Nos tomará más tiempo llegar hasta el próximo portal que a Roma. El abrir un portal es un proceso especial, solo tres seres en este planeta cuentan con la habilidad para hacerlo y tú eres una de ellas, pero debes ahorrar tus energías para cuando llegue el momento necesario —contestó Dmitri.

—En su momento sabrás más información sobre esto, Kiro —comentó Asle.

Asentí.

—Vamos a trabajar —contestó Saú dándole una palmadita en el hombro a Dmitri. Luego se quitó la camisa y se la colocó en la cabeza sosteniendo su largo cabello; parecía un pirata.

Sonreí, nos dirigimos hacia afuera de la tienda Asle, Akos y yo. Antes de salir completamente dirigí mi mirada hacia atrás y logré ver a Saú doblado hacia al frente organizando su área de labor. *"Qué trasero tan hermoso"*, pensé. Luego suspiré. Sentí una pequeña corriente invadir mi abdomen.

Asle y yo continuamos recorriendo el pueblo con Akos, quien permaneció con nosotros. Pasamos un rato dialogando, Akos nos contó sobre su infancia, sobre cómo eran las cosas antes para él. Mencionó el momento en el que conoció a su esposa y tuvieron a su hijo. Su esposa era maestra en la escuela del pueblo y él era mecánico, ambos dedicaron su vida a la iglesia.

—Éramos muy felices, hasta que todo fue cambiando. Llegó un momento en que no teníamos lo suficiente para pagar el alquiler y tuvimos que mudarnos a la iglesia. Poco a poco fuimos brindando alojo a otras personas que comenzaron a pasar por lo mismo —Akos comenzó nuevamente a llorar y Asle dirigió su mirada hacia mí—. Kiro, no permitan que me quede aquí solo. Quiero acompañarlos, quiero ayudar. Quién sabe qué pasará o si alguien vendrá, pero ¿y si no pasa nada y se agotan mis recursos? ¿Qué pasa si regresan? Sé que puedo ser de alguna ayuda, mi misión siempre ha sido ayudar. —Akos dirigió su mirada a Asle—. Por favor, escuché hace un rato cuando mencionaron los portales. ¿Entonces, es cierto? ¿Los portales existen? Yo quiero creer, yo decido creer. Ustedes parecen haber llegado aquí como por arte de magia —continuó Akos.

—Existen los portales y más. Anteriormente te dijimos que habíamos venido a ayudar y así es. En tu destino aún hay historia escrita, encontrarás a tu familia, vendrás con nosotros. Como ser humano y con tu libre albedrio, has decidido creer —le explicó Asle—. Nosotros podíamos ser capaces de cumplir las misiones que se nos han encomendado, pero la ley de la existencia prohíbe obligar a alguien más a hacer algo y más aun, prohíbe el intervenir en su misión personal. Cada uno debe continuar su camino tomando sus decisiones libremente, todas dirigiéndole a un destino específico. En el preciso instante en que el ser humano solicite ayuda, decidan creer o ver, entonces intervenimos. Esta ley aplica para todos los seres de luz cuyo objetivo sea asistir a la raza humana en su despertar.

Miré a Akos y por primera vez desde que lo conocí, sonrió.

—Gracias, desde lo más profundo de mi corazón. —Akos colocó su mano derecha en el lado izquierdo del pecho, en el corazón, dándose dos leves palmaditas. Su semblante había cambiado, ahora tenía esperanza.

Luego de un rato, Dmitri y Saú regresaron. Ya habían terminado de trabajar con las motocicletas y estaban preparadas para salir a primera hora.

Estaba anocheciendo.

Akos había preparado cinco bancos de la iglesia, los adornó con unas cobijas, listos para nuestro descanso.

Asle y Dmitri conversaban, planificando nuestro viaje.

—Debemos mantenernos ocultos en todo momento, comenzando desde ahora. Debes crear una esfera electromagnética alrededor de este pueblo, nadie puede percatarse de que estamos aquí, podrían atacar mientras descansamos. El viaje será de varios días —comentó Dmitri.

Accedí, realizando un gesto con la cabeza.

Todos mis acompañantes tenían una especialidad y la única que poseía el poder de la magia pura era yo. Decidí salir para poder concentrarme, era la primera vez que convocaría la creación de una esfera electromagnética de esa magnitud. *"Toda la ciudad"*.

Saú me acompañó.

Afuera la noche era serena, todo desierto. El ambiente aún se sentía denso por la situación en la que se encontraba el planeta Tierra.

"Eso pronto cambiará", pensé, sabiendo que no sería fácil y conllevaría muchos siglos.

El proceso de restauración era lento, la prioridad ahora era liberarlos.

Miré hacia el cielo, hacía mucho que no veía el cielo tan estrellado, no había luz de la luna por su actual estado.

Saú me abrazó por detrás, me sostuvo con sus fuertes brazos y luego besó mi cabeza.

—¿Estás bien?

—Sí —contesté mientras disfrutaba de él, de su compañía.

—Vamos a lograrlo juntos, siempre —contestó.

Me di media vuelta hasta tenerlo de frente, alcé mis labios hacia él y mientras se inclinaba hacia mí, nos besamos.

—Comencemos —le dije.

Nos dirigimos hacia un espacio abierto, en el centro del pueblo. Saú sostuvo mis manos, asistiéndome mientras me ponía de rodillas en el suelo, luego él hizo lo mismo. Quedamos frente a frente. Levanté ambos brazos frente a mí con las manos abiertas, Saú hizo lo mismo, quedando nuestras manos unidas.

—Recuerda que el poder lo llevas tú. Utiliza el amor que sientes como instrumento de fuerza y poder. El amor es una energía trasformadora, es capaz de transformar el odio en cariño, la tristeza en alegría, la rabia en calma y la enfermedad en salud. Siempre será el poder absoluto.

Cerré mis ojos, mientras lo escuchaba hablar comencé a visualizar la formación de un cerco de luz rosada que se levantaba y rodeaba aquel pueblo. Pude sentir cómo de adentro de mí emanaba la energía. Sentí cuando mis ojos se abrieron solos y una luz rosada salió de ellos.

—Con la asistencia y autorización de todos los elementos, seres de luz protectores y universo, solicito la creación de una esfera electromagnética de luz rosada. Solicito protección alrededor de esta ciudad.

Lentamente fui abriendo los ojos, entonces el pueblo se encontraba ya protegido. Saú observó a su alrededor. Nos rodeaba una esfera rosada; no solo al pueblo, también él la llevaba.

—Ahora tú tampoco serás notado, tienes tu propia protección. Pasarás inadvertido hasta llegar a Roma, nadie puede percibirte. Los Lacerta contienen en su ADN una codificación que les permite ver la termodinámica, es la razón por la cual detectan movimiento o la presencia de alguien. La esfera impedirá que puedan detectarte —le comenté.

En mí comenzó a existir la preocupación inevitable, yo era inmortal, Saú no. Él se dio cuenta.

Nos pusimos de pie.

—Ven, acompáñame. —Saú sostuvo mi mano y se dirigió hacia un edificio cerca, parecía ser una escuela. Caminamos hacia la parte trasera de la escuela, nos topamos con unas escaleras que llegaban a la azotea y subimos juntos. Al llegar arriba, se podía percibir mejor el cielo estrellado, había millones de estrellas, las constelaciones se podían apreciar bien.

Saú tenía preparada un área, con dos cobijas.

—Hoy, Dmitri y yo entramos aquí justo antes de encontrarte en la iglesia. Estábamos en busca de algún sobreviviente. Encontré estas dos cobijas y las tomé, también encontré esto...

Sacó de adentro de una cajita tres velas.

Sonreí.

—Amo las velas, me brindan luz, me ayudan a pensar, me relajan. Es como una terapia mágica —contesté.

Saú tomó las velas y las colocó encima de una caja de metal que allí había, luego me miró.

—¿Me concedes el honor de encenderlas? —preguntó.

Sonreí otra vez y dirigí mi mirada hacia las velas.

—Elemento fuego, solicito tu asistencia.

Las velas encendieron.

Nos sentamos en el suelo, cada uno abrigándose con su cobija. Él estaba a mi lado.

—Esa es mi constelación favorita, se llama Orión. —Señalé hacia la constelación que contenía tres estrellas casi lineares—. Leí una vez que Orión era el hijo de Poseidón, el dios del mar. Era un cazador que se enfrentó a Tauro. Si observas bien, la constelación de Tauro está justo al frente —señalé.

Saú sonrió.

—Ahora es mi favorita también —contestó.

Me acerqué a él y lo besé. Pasé mis manos por sus mejillas, ahora cubiertas con barba. Se veía diferente así, más hombre, más varonil. No pude contener pasar mis dedos por su cabello, su aroma me llamaba. Saú colocó ambas manos en mi espalda, dirigió su nariz hacia mi cuello y sentí cuando inspiraba mi aroma. Besó lentamente cada esquina de mi cuerpo, yo besé cada esquina de su cuerpo.

Esa noche, nuestro amor se consagró. Fuimos uno, completamente uno. Nuestra energía se unió. Ahora yo tenía parte de él y él tenía parte de mí. Yo soy su mujer, él es mi hombre.

Esa noche nos quedamos dormidos juntos, debajo de las estrellas.

Al día siguiente estábamos todos listos para viajar. Dmitri se montó en una de las motocicletas, en su espalda llevaba una mochila negra, ahí guardaba sus instrumentos y computadora. Junto con él iba Akos.

En la otra motocicleta se montó Asle, llevaba en su espalda su espada, como siempre.

Yo iba detrás de Saú. Sostuve fuertemente su cintura con ambas manos y salimos.

Antes de salir de aquella ciudad, coloqué una esfera rosada al resto de mis acompañantes.

XIV.

Luego de varios días y varias paradas, llegamos a Roma, Italia. Nos encontrábamos aproximadamente a quince kilómetros de nuestro destino: el Coliseo.

Llegamos hasta una estructura grande, hecha en piedra. El rocío de la mañana se observaba en las hojas de un viejo árbol que aún vivía. Estacionamos ahí las motocicletas.

—De ahora en adelante caminaremos, estamos cerca. Debemos entrar sin ser vistos. Entremos aquí, es hora de explicarles todo. — Asle se dirigió hacia la casa en piedra, adentro no había nada, todo estaba vacío.

Procedimos todos a seguir a Asle, todos nos sentamos.

Dmitri sacó de su mochila una pequeña computadora que contenía la capacidad de crear imágenes holográficas, rápidamente mostró un mapa del lugar hacia donde nos dirigíamos.

—Este es el Coliseo de Roma, es una estructura legendaria construida en los años 70 y 80 d.C. Existe una entrada oculta en él, en la parte trasera, la cual solo Kiro puede abrir. Ahí se encuentran escondidos el rey y la reina Lacerta, ambos protegidos por cuatro tenientes. Su misión es protegerlos en todo momento. Una vez entremos al Coliseo es importante tener en mente que hay soldados por todas partes, son los que custodian a los humanos. Todos están actualmente esclavizados, el rey y la reina se nutren de sus energías. Por el momento, los tienen a todos ahí. Nuestro objetivo es poder llegar a un acuerdo con ellos, vamos a negociar su libertad a cambio de que nos devuelvan libremente el planeta, de no aceptar, vamos a pelear. Tengan siempre en mente nuestras leyes y no olviden la más importante: No arrebaten la vida de terceros. Nosotros no matamos, siempre hay vías alternas para concretar nuestro objetivo. Ahora, ellos no piensan igual —Dmitri explicó.

—Una vez tengamos de frente el Coliseo es importante estar alertas, entraremos juntos, luego, Saú y Dmitri deben ir en busca de los humanos. Una vez los Lacerta hayan detectado nuestra presencia adentro, van a querer aniquilarlos. Manténganlos seguros —añadió Asle.

Nos dirigimos todos hacia el Coliseo. Saú sostuvo mi mano.

—Pronto acabará esto, pronto comenzaremos la mejor parte de esta misión —dijo.

Me sentí muy apoyada, muy protegida. Cada vez estábamos más cerca de aquel antiguo lugar, cada vez estábamos más cerca de la liberación de la humanidad.

Había Lacertas por todas partes, durante todo el camino. Las esferas rosadas evitaron en todo momento que pudiéramos ser detectados.

—Kiro, es momento de revelar nuestra presencia —comentó Asle.

Rápidamente cerré mis ojos y retiré las esferas, de inmediato, todos los Lacertas que nos rodeaban dirigieron sus miradas hacia nosotros.

Todos vestían con armaduras metálicas, medían aproximadamente de nueve a doce pies de alto. En sus garras algunos llevaban espadas, otras lanzas y dos de ellos unas armas grandes.

—Están acercándose. Vamos a entrar al Coliseo, una vez adentro, Saú, Akos y yo nos dirigiremos en busca de los humanos cautivos; Kiro y Asle se dirigirán directo al rey y la reina. Debemos estar muy al pendiente de los dos Lacertas con las armas, son desintegradoras de electrochoque, al activarlas emiten un rayo de luz infrarroja conducida por un canal plasmático. Es letal para el ser humano, automáticamente los desintegra convirtiéndolos en polvo —alertó Dmitri.

Todos entramos. Notamos una gran división de gradas, eran cuatro niveles y en el centro había un gran espacio. Ahí era donde en la antigüedad se llevaban a cabo las batallas entre gladiadores. Observamos que cada grada estaba dividida en espacios, parecían jaulas.

—Cada grada está interconectada con la otra a través de los vomitorios, estos espacios son exactos permitiendo que grandes cantidades de humanos puedan salir a la vez. Según mis cálculos en este preciso momento, cada grada tiene aproximadamente 500 jaulas y cada jaula alberga veinticinco humanos. Aquí debe haber cincuenta mil humanos cautivos —Dmitri continuó.

Saú besó mi frente y luego mis labios.

—Te veo pronto —me susurró.

Dmitri, Akos y él se dirigieron a las gradas.

Saú poseía una fuerza sobrenatural, esto era nuevo para mí ya que hasta el momento no habíamos estado en una situación que requiriera que utilizara su don. Observé cómo lograba romper cada cerradura que había en cada jaula con solo un golpe.

Akos llevaba su arma en todo momento, cubriendo a Saú. Dmitri iba detrás de ellos dirigiendo a los humanos.

Observé a dos Lacertas interceptar a Saú. Sentí una corriente fría en el pecho, ambos sacaron sus enormes espadas y lo atacaron. Saú rápidamente arrancó de su lugar uno de los portones de la jaula y logró bloquear el impacto, haciendo que ambas espadas quedaran atrapadas entre las barras de acero. Luego, con un golpe directo en el pecho de cada reptil, logró paralizarlos. Era muy fácil detener el corazón de un reptil, lo incómodo era la cantidad absurda de reptiles que había.

Dmitri sacó de su mochila un artefacto, era una especie de bolígrafo metálico. Efectivo inmediato, apuntó hacia el pecho de uno de los reptiles y lo activó. Un rayo eléctrico salió del artefacto causando la petrificación del reptil.

Escuché la voz de Asle:

—Kiro, es tiempo.

Asle comenzó a correr hacia la parte trasera del Coliseo.

Observé que solo había una pared de piedra, la pared medía aproximadamente ciento sesenta pies de alto. A nuestra derecha e izquierda solo había gradas.

Asle levantó su mano derecha y tocó la pared.

—Kiro, levanta tu mano derecha y toca la pared. —Hice lo que me dijo—. Haz que se refleje el código, una vez logres exponerlo, debes leerlo. Será presentado en código binario, solo tú puedes descifrarlo. El código fue creado con el propósito de ser decodificado por ti, lo crearon tus padres. —Mi mirada fue dirigida a él. Sentí que mis ojos le expresaban confusión—. Tus padres siempre supieron que llegaría este momento. Tú eres la salvación de la humanidad, hazlo ahora.

Cerré mis ojos y me concentré. Ignoré el ruido a mi alrededor, los gritos. Cada instante que pasaba, mis fieles compañeros y los humanos corrían peligro. Enfoqué mi ser y mi energía en mi poder.

—Ordeno que se revele el código creado para mí, Kiro.

Abrí mis ojos.

Las piedras comenzaron a revelar unos y ceros, brillaban con una luz azul fluorescente. Miré detenidamente, me di cuenta de que podía descifrar su contenido, comencé a leer en voz alta.

—Yo, princesa Kiro, perteneciente a la legión más pura y poderosa existente en este planeta, hija del rey Candor y la reina Lyra, reyes soberanos de Atlantis, ordeno que dividas tu ser y me permitas entrar. Rompo la codificación que oculta este portal.

Mis ojos se llenaron de lágrimas.

Mis padres, ellos son mis padres.

La enorme pared de piedra comenzó a dividirse a la mitad. Asle sostuvo mi mano.

—Princesa Kiro, entremos.

Al pasar por el portal observé un túnel. Un letrero indicaba en letras rojas: "Nivel cinco". Comenzamos a caminar, cada vez más y más adentro, poco a poco con menos iluminación en el camino. Concentré mi mente nuevamente y de mis ojos emanó una luz brillante, la cual nos permitió ver.

Llegamos a una puerta grande de madera, parecía ser de un tipo de árbol antiguo. Había unos símbolos tallados, uno de ellos en particular era de una culebra dorada. Asle me indicó que tocara a la culebra con mi dedo índice, alcé mi mano derecha e hice lo que me indicó. La culebra comenzó a brillar, luego comenzó a deslizarse por la puerta siguiendo un patrón o ruta predestinada. Una vez la culebra se ubicó en el centro, la puerta abrió.

Al otro lado había una caverna muy grande, se podían observar estalactitas y estalagmitas de gran tamaño. Había esqueletos en varias áreas de la caverna. Noté cientos de nidos, cada uno con varios huevos de gran tamaño.

—Estamos muy cerca —comentó Asle.

Escuché un estruendo, luego pasos.

—Se acercan dos de los cuatro tenientes del rey y la reina.

Cada vez los pasos estaban más cerca, decidí seguir mis instintos y tomar el control. Rápidamente comencé a dirigirme hacia donde provenían los pasos, en segundos los tenía de frente. Cada uno llevaba en sus garras un bastón en oro con una piedra de diferente color ubicada en la cima. Pude identificar cada piedra con facilidad, eran piedras preciosas. Una de ellas era una esmeralda, la otra un rubí. Lo único que diferenciaba a estos lagartos eran los bastones, todo lo demás era lo mismo, inclusive su vestimenta.

Al verme, ambos me apuntaron con el bastón.

—Revela tu identidad —expresó uno de ellos con voz feroz.

—Mi nombre es Kiro, solicito me presenten ante sus reyes, tengo algo muy importante que ofrecerles —contesté.

A cada segundo podía sentir cómo mis ojos aumentaban la intensidad de su brillo, su luz resplandecía. Era como una especie de energía que se iba acumulando a cada instante en ellos. Luego, pude entender. Mis ojos les emitían a ellos una señal, una orden. Era una especie de mesmerismo en el cual entraron los reptiles. Ya no eran feroces, ahora se sentían atraídos hacia mí como una especie de magnetismo.

Ahora yo los controlaba.

—Kiro, las piedras en sus bastones son piedras preciosas, fueron encantadas hace siglos por la legión de la hermandad de brujas estelares. Existieron durante el siglo dieciséis, cada una tenía un don, un tipo de especialidad la cual era capaz de hacer lo irreal, real. Unidas crearon la legión más poderosa escrita en la historia, fueron capaces de hacer cosas majestuosas hasta que la humanidad las catalogó como peligrosas. El sistema que apenas estaba en pañales las quemó, torturó y masacró debido a que comenzaban a ser un riesgo para su negocio. Esas piedras fueron encantadas por Lilith, la más antigua de todas. Cada piedra controla un elemento. Tú cuentas con habilidades sobrenaturales, eres capaz de controlar y manejar los elementos. Mientras cada uno de ellos esté conectado a las piedras, puedes controlarlos. Ellos desconocen esto —explicó Asle.

Asle había reencarnado en el mundo exterior un sinnúmero de veces, conocía mucho sobre la historia a diferencia del resto de los que encarnan, él recordaba una y cada una de sus vivencias.

Los dos reptiles accedieron con la cabeza a mi comando, se dieron media vuelta y nos escoltaron. Caminamos por varios segundos hasta quedar frente a una puerta, parecía estar hecha de cuarzo blanco. Ambos abrieron las puertas empujándolas, al otro lado, estaban ellos.

Era un salón grande, la única luz que los alumbraba era la de miles de velas. Al lado izquierdo del rey estaba el tercer reptil Lacerta, su bastón llevaba una piedra zafiro. El otro yacía al lado derecho de la reina, la piedra era citrino. Por sus colores, podía descifrar los elementos que representaban o controlaban.

El rey era más grande que sus tenientes, sus dientes eran afilados, sus ojos amarillos. La reina era un poco más pequeña que el rey, aun así, sobrepasaba el tamaño de sus tenientes también. Ambos llevaban una corona de cristal de serafín. Según cuenta la historia, las coronas fueron creadas por Merlín, destinadas para el rey y la reina soberana de nuestro planeta. Fueron creadas y guardadas en el Monte Olimpo, destinadas para aquellos que han de hacer grandes cosas. Aquella persona que posea la corona, siempre y cuando sea puro de alma, ser y energía, logrará la sincronización absoluta de todo lo viviente. Ambos la llevaban.

Al verme, enderezaron sus cuerpos. Sus tenientes dieron un paso hacia al frente.

—¿Qué significa esto? —preguntó con furia el rey—. ¿Acaso no entendieron la orden? ¡Elimínenlos! ¡¿Cómo es que los traen aquí, a nuestro espacio?! —exclamó nuevamente el rey.

Ambos de los tenientes que nos escoltaban permanecieron en silencio. El rey se puso de pie, dirigió la mirada hacia el teniente que tenía a su lado, levantó sus garras y con una de ellas me señaló.

—Elimínala —dio la orden.

De inmediato el reptil levantó su bastón en oro y apuntó la piedra zafiro en mi entrecejo. Con mucha calma levanté ambas manos y señalé ambas piedras de ambos tenientes, comencé a dirigirlas lentamente hacia el rey y la reina.

—Mi nombre es Kiro, vengo a solicitarles que liberen y voluntariamente me devuelvan a los seres humanos que tienen cautivos. Solicito que les devuelvan su libertad y que ustedes desalojen el planeta y no regresen. Si ceden a mi petición, lograrán conservar ustedes su libertad.

Serenamente, mientras iba hablándoles, los miraba a ambos fijamente.

El rey miró a la reina, quien tenía una expresión de ira.

—Pero, ¿y cómo te atreves tú a querer imponerte ante nosotros? Nosotros tenemos el control absoluto, el poder y la gloria. Una niña como tú no va a ser la causante de nuestra destitución —expresó la reina.

—Llevan mucho tiempo manteniendo cautivos a los humanos bajo mentiras y engaños, han sido capaces de destruir a la diosa madre naturaleza, de matar, de contaminar cada rincón del planeta con su vibración de baja dimensión. Les daremos una última oportunidad —repetí.

—Nosotros no hemos hecho nada con lo que el humano no haya estado de acuerdo. Libre y voluntariamente accedieron a servirnos a cambio de riquezas, de no pasar hambre. Ellos decidieron vivir fácilmente —comentó el rey, liberando una carcajada.

—Bien, de todas maneras el destino está escrito. Su intervención aquí en la tierra está en conteo regresivo. Les otorgaré la oportunidad de tomar su decisión, antes del anochecer debo recibir una respuesta —expliqué.

El rey, con un solo salto, llegó frente a mí. Su mirada estaba llena de rabia, odio y coraje. —¿Acaso crees que tus pequeñas amenazas me van a dominar? Podrás controlarlos a ellos cuatro, pero a mí no. Tengo miles y miles de soldados ahí afuera, en todas partes. ¿De verdad piensas que vas a poder vencerme? ¿Tú y cuántos más? —preguntó. En su rostro se dibujó una expresión de burla—. Te propongo algo, Miss Kiro. —Mantuve la calma, la serenidad y la seguridad—. Te propongo una batalla. Si gano, obviamente tú y tu gente morirá, me quedaré como rey soberano por los siglos de los siglos, existirá el sufrimiento, abundará la mentira y la envidia. Poco a poco el ser humano se irá en contra de unos con otros. Si ganas, me retiro.

—No es necesario poner en riesgo la vida de todos. Retírese.

El rey volvió a reírse.

—¿Y en dónde le ves tú diversión a eso?

—Acepto —expresé.

—Bien, que buena decisión. Ahora vete, te queda poco tiempo —contestó.

Asle y yo nos retiramos, regresamos por donde vinimos. Al salir de aquel lugar, observamos que Dmitri y Saú habían liberado a la mayor parte de los humanos cautivos y habían logrado paralizar a varios Lacertas.

Asle y yo nos acercamos a Saú y Dmitri.

—Solo nos queda esta jaula. Akos está dirigiéndolos hacia un lugar seguro —comentó Dmitri.

—El rey y la reina propusieron una batalla a cambio de devolverle la libertad a la humanidad y cedernos la tierra. En el momento que ofreció el acuerdo, percibí sus pensamientos. Su intención es aniquilar a los humanos y luego nos piensan cautivar, encerrándonos en el túnel del olvido —expresé—. Saú y Dmitri, lleven a la humanidad a un lugar seguro, quédense junto a ellos y no salgan hasta que todo esto termine. Asle y yo nos encargaremos de cumplir el objetivo, por nada del mundo quiero arriesgar sus vidas. Asle y yo somos poseedores de la inmortalidad, ustedes no.

Debo admitir que sentía miedo, era evidente que mi lado humano continuaba expresando sus emociones. Temía perder a uno de ellos. Mi lado estelar me confortaba, sabía que todo estaría bien y que alcanzaríamos el éxito.

Dirigí mi mirada a Saú, quien en ese preciso momento arrancó el portón que mantenía cautivos a aquel último grupo de humanos. Dmitri comenzó a dirigirlos hacia afuera del Coliseo.

Saú se acercó a mí.

—Estamos cerca de un gran cambio, confío plenamente en ti, en quién eres y de lo que eres capaz de hacer. Recuerda que nuestra misión principal es la restauración del planeta. Utiliza tu intuición, sabrás exactamente qué hacer. Eres la princesa escogida, recuerda, nunca estás sola. — Saú me dio un beso en la frente y me abrazó, luego siguió a Dmitri.

Rápidamente Asle agarró la espada que cargaba siempre.

—Pronto estarán aquí, ambos sabemos que no van a ceder. Presta atención, Kiro. Comenzarán a llegar poco a poco, los últimos serán los reyes Lacerta. Van a querer enviarnos a todos sus soldados, luego a sus tenientes. Pensarán que antes de que ellos tengan que intervenir, ya estaremos cautivos. Yo intentaré paralizar a la mayor parte de reptiles posible, dándote el tiempo justo para controlar las piedras elementales de cada teniente y ordenes paralizar a todos los reptiles que se les presenten en el camino. Debes indicarles a las piedras que tú también eres parte de la legión de la hermandad de brujas y que su prioridad es protegerte a ti. Tú eres la única que cuenta con la capacidad de abrir el portal que los va a transportar a todos al universo uno, aquel cuya existencia aún está en proceso, en donde solo existen entidades destructivas de baja dimensión y vibración. Una vez que lleguen allí, el universo mismo se encargará de trabajar con ellos. Solo aquella entidad de baja vibración será succionada por el portal —me explicó Asle.

Escuchaba detenidamente sus palabras. Había cosas que aún no entendía, detalles que desconocía.

"Todo será explicado a su tiempo, Kiro. Debes concentrarte ahora en este objetivo", pensé.

—Kiro, el portal solo lo puedes abrir si posees la corona de cristal de serafín —añadió Asle.

Antes de que pudiera decir algo, las enormes piedras del Coliseo comenzaron a abrirse. Comenzaron a salir reptiles, cientos. Comenzaron a acomodarse en las gradas y en solo minutos, nos rodeaban.

Los cuatro tenientes salieron en fila, ubicándose de manera horizontal frente a nosotros.

—Asle, son demasiados —comenté.

Abrí mis ojos con sorpresa y lo miré.

—Has actuado con gran valentía. Cada momento, cada prueba la has superado como lo que eres, la escogida. Has demostrado a cada instante que el planeta Tierra será restaurado y preparado como debe ser. El amor reinará, tomará siglos, pero así será. Hoy no estamos solos, eleva tu mirada hacia los cielos —expresó Asle.

Rápidamente elevé mi mirada hacia el cielo y luego de unos segundos, las vi.

XV.

Había cinco naves, todas esféricas y de gran tamaño. Una a una comenzaron a emitir una luz azul que descendía, hasta quedar justo a nuestro lado. De una nave bajaban integrantes de Atlantis, había cinco, todos vestidos con armaduras hechas de titanio. Cada uno llevaba en sus manos tridentes que emitían rayos paralizantes.

En la otra nave observé a los indígenas maya, ascendientes de Saú. Llevaban flechas bañadas de veneno, paralizante también. Todos conocíamos y respetábamos la misma ley: No matar. No iba a ser necesario para lo que teníamos coordinado hacer.

Comenzaron todos a pararse a nuestro lado, poco a poco formando un círculo, quedando cara a cara con los reptiles que nos rodeaban. Luego, descendieron de la tercera y cuarta nave seres azules, guardianes de la humanidad, con un gran poder psíquico, capaz de controlar a cualquier ser viviente de menor dimensión a la de ellos. Todos se unieron a nosotros.

De la última nave bajaron los Hermes Ingenui. Los cuatro me miraban fijamente.

"Ágape y yo nos dirigiremos hacia Saú y Dmitri, los mantendremos a salvo. Utilizaremos nuestro poder y unión vibracional para crear una esfera de luz rosada. Higía y Mammón estarán con ustedes", Menthe me transmitió el mensaje telepáticamente.

En ese momento, Ágape y Menthe desaparecieron ante mis ojos. Los Hermes Ingenui contaban con muchas habilidades, entre ellas la teletransportación.

Miré hacia las puertas grandes en piedra, el rey Lacerta estaba mirándome.

—Bien, veo que estás preparada. Aun así, mi ejército sobrepasa al tuyo por mucho. Te presento con la oportunidad de poder retirarte. Retírense ahora y no serán enviados al mundo del olvido, solo deben regresar por donde vivieron —ofreció el rey.

No veía a la reina. Mi meta en este momento era la corona que llevaba puesta, mientras más rápido la obtuviera, más rápido acabaría esta absurda batalla.

—Le ofrezco lo mismo, retírense ahora y no serán enviados hacia donde van. Retírense ahora y regresen por donde vinieron —expresó Asle con voz firme, a la misma vez serena.

El rey soltó una carcajada. Inmediatamente bajó la cabeza emitiendo una orden, rápidamente los reptiles que nos rodeaban comenzaron a atacar. Muchos comenzaron a hacer bailar sus espadas, otros lanzaban fuego. Asle me lanzó una mirada.

—Es tiempo —comentó.

Rápidamente dirigí mi mirada hacia los cuatro tenientes Lacerta. Con ambas manos comencé a dirigir energía hacia los bastones que llevaban en sus garras.

—Fuertes elementales ancianos, sabios y consejeros ancestros que siempre nos han acompañado; Sol, el representante del fuego; mar, representante del agua; serenidad, representante del aire; montañas, representantes de la tierra; ordeno que utilicen su poderosa energía para detener a aquellos que en mi contra y los míos atentan. Solicito su protección.

Mientras recitaba las palabras que harían que cada gema preciosa se activara, mis ojos comenzaron a emitir luz. Las piedras se iluminaron todas a la misma vez. En ese momento, un teniente hizo pedazos las dos armas desintegradoras y otro paralizaba a los reptiles que tenía cerca.

Una vez que me aseguré de que los cuatro tenientes trabajaban en contra de su misma raza, me dirigí hacia la entrada que me llevaría a la reina.

Antes de poder entrar, sentí un estruendo, una vibración. El rey había bloqueado mi paso, parándose en la entrada. Ahora estaba frente a mí.

—¿Acaso crees que será fácil? —preguntó el rey. Sus ojos amarillos reflejaban la misma maldad, ira y envidia de siempre—. Los seres humanos escogieron su destino, tomaron la decisión de vender su libertad. Por más que lo intentes, seguirán dormidos por siglos. No vale la pena arriesgar tanto, al final del día van a haber perdido y nunca más serán mencionados — continuó, lanzando una carcajada burlona.

Di tres pasos hacia atrás. Los dientes de aquel enorme reptil se alargaron, sus garras también. Levantó ambos brazos a la vez, dejándolos caer en el suelo, creando un enorme estruendo. Todo a nuestro alrededor comenzó a vibrar, las paredes que nos rodeaban en piedra comenzaron a moverse, parecía que un terremoto sucedía en ese momento. La tierra comenzó a abrirse lentamente, entonces, escuché un chirrido profundo.

Miré hacia arriba y vi cómo hacia mí se acercaba el grifo que había visto en Agartha. Montados en él estaban Candor y Lyra. Candor se lanzó de él, llevaba en su mano una esfera de piedra de luna. Cayó frente al rey y luego levantó la mano en la cual llevaba la esfera.

—Vuelve a tu forma original —dijo con voz firme.

El rey poco a poco fue reduciendo su tamaño y forma hasta convertirse en una víbora. Lo que antes era un enorme reptil, ahora se deslizaba entre las rocas, dejando atrás la corona de cristal de serafín.

Candor se agachó y la levantó, luego se acercó a mí.

—Eres mi mayor legado, mi orgullo. Siempre has sido una valiente guerrera. Ve, termina todo esto.

Rápidamente me lancé a sus brazos, él me apretó con fuerza.

—Hija, este es el comienzo. Ve con tu madre y termina esta batalla, es hora de comenzar tu verdadera encomienda. Debo mencionarte que el rey fue creado por la reina con el propósito de poder desviarnos a todos. Quisieron hacernos creer que él era el verdadero líder, pero ahora, al haber regresado a su forma original por la piedra de luna, la reina está completamente vulnerable. —Candor besó mi frente.

En ese momento el grifo se acercó a nosotros, Lyra extendió su mano y me haló hacia ella. Comenzamos a volar hacia las afueras del Coliseo. Pude observar a lo lejos, en el bosque, la enorme esfera de luz rosada que habían creado Ágape y Menthe. Estaban completamente rodeados de reptiles intentando dar con ellos.

—Hija, la reina se esconde en un túnel, debajo de aquella enorme roca. Entraremos juntas. Una vez hayas obtenido la corona de cristal de serafín, debemos salir rápido. Estaré contigo, como siempre y para siempre. No lo dudes jamás.

Sentí una enorme alegría. Mis ojos se llenaron de lágrimas.

—Desciende —comandó Lyra al grifo.

El grifo comenzó a bajar. Lyra y yo nos bajamos frente a la enorme roca, ella alzó su mano derecha y la colocó encima de la roca.

—Otórganos la oportunidad de entrar. —Mientras recitó las palabras, sus ojos se iluminaron igual que me pasaba a mí.

Lyra me miró, su vibra estaba llena de amor. Alzó su mano, yo alcé la mía y las unimos. Juntas entramos. Caminamos por varios minutos por aquellos túneles utilizando la luz que emanaba de nuestros ojos para iluminar el camino. Lyra dirigía, se dejaba llevar por su intuición. Se detuvo al final de uno de los túneles, luego comenzó a mover la cabeza lentamente de lado a lado, escuchando.

—Está detrás de esta pared —comentó, señalando con el dedo índice la pared que nos quedaba de frente. Entonces, comenzó a frotar ambas manos lentamente y fue aumentando la velocidad. Observé cómo una corriente comenzaba a surgir, cuando detuvo el movimiento, tocó la roca. La pared explotó, quedó pulverizada en fracción de segundos.

La reina Lacerta quedó expuesta, ahora estaba frente a nosotras. Su mirada era penetrante.

—No permitiré que se entrometan en mis planes. Todo marcha bien, la humanidad está dormida, es casi imposible regresarlos a su estado natural. ¿Quiénes son ustedes? —preguntó.

—La pregunta principal no es quiénes somos, sino ¿por qué han hecho todo esto? —contestó Lyra.

—La humanidad es una de las razas más poderosas existentes en el aquí y ahora, sus dotes naturales son poderosos, capaces de lograr la formación y creación de cualquier cosa solo con el pensamiento. Eso fue algo que se les quitó. Comenzaron a sentir miedo, inseguridad y frustración, justo lo que me llena de poder a mí —contestó la reina Lacerta.

La enorme reptil expuso todos sus afilados y amarillos dientes, liberando un sonido aterrorizante. La vibración del sonido hizo que

Lyra y yo fuéramos lanzadas con fuerza hacia el suelo. Aprovechando la oportunidad, la reina Lacerta se lanzó encima de Lyra, pillándola contra el suelo. Pude ver el odio y el resentimiento que emanaba de este ser de baja dimensión.

Lo que el feroz reptil no sabía, era que Lyra podía pulverizarla con tan solo mirarla. Nuestra misión siempre ha sido asistir a la humanidad en el despertar, la aceptación, introducción a la magia, la energía y el poder, no el tener que acudir a matar para cumplir con nuestro objetivo.

Aprovechando la oportunidad, rápidamente me levanté del suelo y corrí hacia el gran reptil. Me lancé a su espalda alcanzando la corona de cristal de serafín y al lograr agarrarla, se la retiré.

La reina Lacerta intentó liberar el mismo grito feroz, esta vez sin éxito.

—El tiempo de la liberación llegó. Aléjate de mi madre, debes comprender que tus planes han culminado, tus intenciones han quedado impunes y no tendrás la oportunidad de repetir nada que pueda atentar en contra del crecimiento y transición universal de la humanidad —expresé.

La enorme reptil se retiró de Lyra, mirándome fijamente a los ojos. Sentí cuando mis ojos se llenaron de luz. Imaginé cómo una cadena de titanio se formaba alrededor de las garras de la reptil. Así fue.

Lyra se levantó del suelo.

—Debemos salir de aquí —expresó. Luego sostuvo a la reptil por las cadenas y salimos.

Las puertas estaban próximas a cerrarse, logramos salir a tiempo. Nos dirigimos hacia donde aún nuestros amigos se encontraban, logré ubicar la esfera de luz rosada que los envolvía. A lo lejos pude ver que Candor, Higía y Mammon evitaban que los reptiles continuaran atacando. Candor dirigió su mirada hacia mí.

"Ponte la corona y abre el portal". Candor inclinó su cabeza hacia mí en señal de autorización y sin esperar un solo segundo más, me coloqué la corona de cristal de serafín.

XVI.

Sentí una ola de calor entrar por mi cabeza, continuó esparciéndose hasta sentirla en los pies. Sentí cómo me elevaba del suelo. Un brillo emanaba de mí. La corona de cristal de serafín se iluminó, había encontrado a aquella alma para la cual fue creada.

Hoy me he convertido en la reina soberana del planeta Tierra. Hoy comienza su restauración.

Sutilmente volví al suelo, alcé mi mirada al cielo y abrí el portal. Sentí cuando una luz blanca emanó de mis ojos y se elevó al cielo. Vi cuando mis manos comenzaron a crear electricidad, las elevé, dirigiendo esa energía hacia el cielo.

—Solicito al universo, al Sol, a la luna y las estrellas, autorización para eliminar toda energía de baja dimensión que se encuentre contaminando la esencia de cada ser viviente existente. Ordeno a cada uno de ellos abandonar este plano dimensional. Retírense y regresen a la primera dimensión, su energía debe ser transformada y purificada. Se les prohíbe regresar e intervenir en el planeta Tierra, cuya transición comienza hoy. Ábrete, portal. Ábrete y haz tu función principal.

Vi cómo en el cielo comenzó a abrirse un portal, un agujero negro. Velozmente comenzaron a elevarse cientos de reptiles siendo succionados. Poco a poco fueron desapareciendo, se podían escuchar chirridos muy desagradables. Noté que uno de esos chirridos era la reina Lacerta.

—Encontraremos la manera de regresar, ya lo hemos hecho antes —gritó al elevarse.

—No podrás salir del lugar al cual te diriges, eso es un hecho —contesté.

Mis manos continuaban elevadas. Justo cuando el agujero había succionado hasta el último Lacerta, cerré el portal.

—Gracias universo, Sol, luna y estrellas, por haberme permitido abrir el portal. Gracias a todos los seres de luz que hoy me acompañan. Gracias. Ordeno que cierre este portal y no se pueda abrir más.

El portal cerró.

Vi cuando Ágape y Menthe desactivaron la esfera de luz rosada.

Todos los humanos fueron saliendo del lugar en donde estaban, observé a lo lejos a Dmitri y Saú dirigiéndolos. Akos abrazaba a una mujer de piel blanca y cabello rojizo, junto a ellos había un joven muchacho sonriendo.

El cielo retomó su forma normal. Todos los seres que nos acompañaron en esta batalla se encontraban rodeándonos.

Sentí cuando alguien puso su mano en mi hombro derecho, dirigí mi mirada en busca de quién era. Asle me sonrió e inclinó su cabeza en reverencia, tenía bajo su poder los cuatro bastones que cargaban los tenientes.

—La líder de la legión de hermandad de brujas estuvo aquí. Llegó cuando comenzaste a abrir el portal, estuvo presente y presenció este gran acontecimiento. Indicó que siempre serás pieza importante entre ellas. Por ahora, solicitaron que te entregue los bastones. Debes siempre mantenerlos bajo tu poder.

Sin pensarlo dos veces, me lancé entre los brazos de Asle, quien era mi guardián de por vida.

Él respondió al abrazo.

—Nunca dudamos de ti, estamos orgullosos de todo lo que has logrado vencer, cada obstáculo, cada enseñanza, todo lo has sabido manejar —comentó.

Dirigí mi mirada hacia los bastones. La misma luz de siempre emanó de mi mirada, haciendo que redujeran su tamaño rápidamente. A la velocidad de la luz, llevaba puestos cuatro anillos en oro, cada uno llevaba una piedra preciosa.

El anillo rubí lo llevaba en el pulgar derecho en representación al elemento fuego. Su alto contenido energético me asistiría a equilibrar la energía en todo momento.

En el dedo índice derecho llevaba el anillo con la piedra citrino, en representación del elemento aire. Su propósito sería asistirme en la creación y el pensamiento.

En mi dedo anular izquierdo el anillo con la piedra esmeralda, en representación al elemento tierra. De él recibiría la fuerza para el comienzo de la restauración del planeta Tierra y la raza humana.

En el meñique el anillo con la piedra zafiro en representación del elemento agua. Esta piedra me permitiría siempre estar conectada a la raza humana, tomando siempre en consideración quiénes son y lo que sienten.

—Gracias, Asle.

—Este ciclo cerró, ya no queda nadie en el Coliseo. Saú y Dmitri lograron sacar a todos los humanos a tiempo, todos estamos a salvo —comentó Asle.

Sentí tranquilidad.

Candor y Lyra se acercaron a mí, ambos me abrazaron.

—Nuestra niña, el día que naciste supe que serías mi mayor orgullo. Tenemos mucho que hablar. Por el momento, te entrego lo que a ti pertenece. —Candor estiró sus manos y me entregó la corona de cristal de serafín.

La sostuve con ambas manos y tomé un momento para observarla, era igual a la que yo llevaba puesta. Procedí a elevarla y la convertí en un quinto anillo, el cual coloqué en mi dedo del corazón izquierdo. Este representaría el alma, ser, espíritu y éter.

Al terminar, rápidamente pensé en Saú. Alcé mi mirada en su búsqueda.

Ahora, los seres que me rodeaban me miraban. Estaban parados frente a mí. Al unísono, levantaron su mano derecha hacia al cielo, en señal de paz. Sentí mucha emoción. Toda mi vida sola con mi mamá Orealis, sin engastar en ningún lugar. Hoy, todo era diferente.

Las cinco naves regresaron, recogiendo a velocidad luz a cada uno de sus integrantes.

Los Hermes Ingenui dirigieron su mirada hacia mí desde donde estaban parados.

"Seguiremos en contacto. Gracias", Menthe me transmitía el mensaje telepáticamente.

"La humanidad no despertará ahora, debes enseñarles, dirigirles y acompañarlos. Déjate llevar por tus instintos. Siempre sabrás cuál será el próximo paso", comentó Higía de la misma manera.

"Tu fuerza y valentía serán tus mejores virtudes", comentó Mammón.

"*El universo entero se abre a ti*", Ágape finiquitó.

Entonces, ellos también se elevaron entrando a su nave.

Todos regresaron a casa.

A lo lejos, Saú me sonrió. Su mirada llena de amor y pasión me llenaba de alegría.

Ambos comenzamos a acercarnos. Cuando lo tuve cerca, di un salto hacia él atando mis piernas en su cintura. Nuestros labios se conectaron como dos magnetos que se atraen fuertemente. Lo abracé muy fuerte, él devolvió cada gesto con mucha ternura.

—Hola, hermosa.

—Hola

Sentí cuando me sonrojé.

Saú acercó sus labios a los míos nuevamente, levemente acariciaba su nariz con la mía.

—Ya todo esto acabó, los humanos están a salvo —comentó.

Le di otro abrazo antes de regresar al suelo.

—Ve preparando todo con Dmitri y Akos —contesté —, vamos a acomodarnos todos aquí hoy. Debemos descansar.

Candor y Lyra se acercaron junto con Asle.

—Debemos descansar. Luego, comenzaremos a organizarnos —comentó Candor.

—La humanidad actualmente tiene activada la programación y codificación que les impusieron los Lacerta, tendremos que ayudarles a despertar, poco a poco. Tomará años, muchos. Lo importante es que ya estén a salvo, que su existencia esté asegurada —continuó Lyra.

—Bien, me parece bien. Gracias a ambos. Esta noche descansaremos y mañana procederé a dividirnos por grupos. Cada grupo tendrá una encomienda principal, de ahí partiremos —comenté.

—Iré con Saú y Dmitri a asistir en la organización de todos para el descanso —comentó Asle y caminó hacia los muchachos.

—Kiro —Lyra sostuvo mi mano—, siéntate un momento.

Lyra señaló unos bancos que estaban cerca de nosotros. Caminé hacia ellos, me senté y ella se sentó a mi lado. Ella era hermosa, su largo cabello estaba amarrado en una larga cola y sus ojos eran muy similares a los míos.

—Candor y yo deseamos poder narrarte tu historia. Queremos que sepas cómo comenzó todo. Naciste en Atlantis, eres el fruto de un gran amor —comenzó Lyra. Ambos se veían muy enamorados, Candor observaba a Lyra con pureza. Sonreí—. Tu padre y yo nos conocimos hace miles de años, cuando Atlantis aún formaba parte del mundo exterior. Yo tenía tu edad, él seis años más. La civilización estaba muy avanzada en tecnología y espiritualidad, nos regíamos por la organización de los altos dioses, lo que hoy día se conocen como los dioses del Olimpo. Poseidón era el padre de todos los atlanteanos.

—Cada uno de los integrantes de la organización de los altos dioses lideraba otras áreas y civilizaciones en la tierra externa —comentó Candor.

Lyra sostuvo mi mano una vez más, lentamente. Su rostro emanaba bondad.

—Una noche, mientras observaba las estrellas, tuve una visión. Como tú, desde muy joven este don me acompaña. Vi cómo un gran rayo azotó Atlantis, destruyendo todo a su paso. Esa noche corrí hacia el templo en busca de Poseidón, le conté lo que vi y él lo confirmó. Me explicó que la ciudad había sido amenazada con una gran destrucción por entidades externas que andaban en busca de recursos, de nuestra tecnología y nuestra esencia. Querían hacerse los dueños del planeta Tierra. Poseidón me indicó que, en ese preciso instante, la mayor parte del grupo de atlanteanos estaba desalojando la ciudad en busca de protección. Debíamos evitar a toda costa la extinción de nuestra raza. Otro grupo, los guerreros de luz, se quedarían a luchar en contra de estas entidades. Estos serían dirigidos por él —continuó Lyra.

—Esa noche mi padre me encomendó proteger a todos los integrantes, yo sería quien les dirigiría a Agartha, la tierra interna que siempre permaneció oculta. Poseidón estuvo con mi madre, se enamoraron intensamente, pero ella murió al dar a luz. Kiro, la inmortalidad no es algo con lo que nacemos, se gana con nuestros actos, decisiones, acciones y encomiendas —expresó Candor.

Cada instante que transcurría, me sentía más sorprendida. Tanta historia, tantos acontecimientos con mis ancestros.

—Poseidón me dirigió hacia la salida de nuestro Atlantis, allí nos esperaba Candor. Esa noche conocí a tu padre, fue en ese preciso momento que nos enamoramos, cuando nuestras miradas se cruzaron por primera vez.

Candor se acercó a nosotras, extendiendo sus brazos, invitándonos a entrar en ellos. Ambas nos acercamos a él.

Candor continuó explicándome:

—*"De ustedes nacerá el ser más puro que haya existido en nuestra historia. Es el producto del amor verdadero, la energía transformadora que todo lo hace posible. Será niña, nieta de Poseidón, dios de los mares y líder de Atlantis. Ella será la pieza clave en la restauración del planeta Tierra, la protección de la humanidad y toda civilización que habita en él. Ella será la que unirá, en algún momento dado de la historia, a ambos mundos; el exterior y el interior. Ella será la reina soberana del planeta Tierra, la que logrará el despertar. Por ahora, detendremos estas entidades que se acercan, pero regresarán".* Kiro, estas fueron las palabras precisas de mi padre antes de irnos de aquel lugar.

Al llegar a Agartha, creamos un nuevo hogar. El Atlantis que una vez nos otorgó momentos vividos en el mundo exterior fue destruido. Las entidades fueron detenidas, pero prometieron un día regresar. Hoy, pusiste punto final a ese ciclo —culminó Candor.

—Cuando quedé embarazada, sabía que eventualmente tendrías que comenzar tu encomienda. Tu padre y yo disfrutamos cada segundo de ese ciclo. Al nacer, una multitud de personas te esperaban. Creciste en el nuevo Atlantis, rodeada de amor y nuestras costumbres. Cuando cumpliste tus quince años, tu padre le encomendó a Asle tu preparación. Él es el guerrero más importante en la historia de Atlantis, vino de las Pléyades y se quedó. Él te adiestró, te protegió y te preparó. Hasta el sol de hoy ha sido tu fiel protector. —Yo continuaba escuchando atentamente—. Fuiste enviada a la tierra exterior antes de esta vida. Formaste parte de la legión de hermandad de brujas, con ellas aprendiste muchas cosas importantes. Era muy necesaria esa experiencia antes de tu verdadera encomienda. El día que fuiste enviada al mundo exterior, fue a través de un portal. Orión era atlanteana, era vital su vientre para que nacieras en este plano, mas no era parte del plan que te criara. Tu experiencia debió siempre ser estrictamente humana —culminó Lyra.

Mi alma sentía nostalgia al escucharlos hablar. Era como si parte de mi alma recordara cada momento, cada instante de lo vivido, pero mi mente no.

Recordé las palabras de Menthe: *"Cada vez que uno de nosotros es enviado a reencarnar al mundo exterior, debe hacerlo sin recordar quién es, de dónde proviene. Si cada vez que reencarnaran trajeran consigo sus recuerdos, les sería muy difícil cumplir con el nuevo propósito. Pasarían gran parte de sus vidas añorando un recuerdo, una persona, un lugar. No puede haber interrupciones. El proceso de despertar se da paulatinamente. Eso sí, las almas que se reencuentran, de alguna manera sienten la afinidad. Eso es inevitable".*

Sentí cuando las lágrimas bajaban por mis mejillas, era evidente que ya tenía bastante claro quién era, de dónde provenía y mi misión. Recordé momentos con mi madre, con mis amigos, momentos en los cuales muchas veces me sentí inferior por el comportamiento de muchas personas que en mi camino se cruzaron. Muchos quisieron hacerme sentir nadie. Muchas veces me sentí subestimada.

El ser humano tiene que cambiar. Es momento de comenzar a ver las cosas desde una perspectiva distinta. Es momento de unirnos, no debe existir desigualdad, no debe existir el hambre, no deben existir los rangos, los ejércitos, la maldad, la explotación. No. Debemos todos sentirnos como parte de una misma casa, hacer de un propósito el mismo. Todos fuimos creados siendo seres perfectos, poderosos. Si el ser humano se uniera en pensamiento, efectivo inmediato, el mundo comenzaría a cambiar. Los que habitamos en el mundo exterior debemos sentirnos felices.

Recordé cómo me sentí en el tiempo que viví en Agartha, cuando conocí a Saú.

—Comenzaré a preparar este plano. Crearé un mundo nuevo, similar a como se vive en Agartha. Sé que ustedes deberán regresar a casa, sé que siempre estarán para mí. Han hecho todo por mí, ahora, yo lo haré por el planeta.

Mi voz sonaba entrecortada, era muy entendible que todo esto era mucho para procesar. Mi alma sollozaba.

—En su momento justo y preciso, recordarás. Todo es un plan perfecto. Vive el momento, disfrútalo. Trabaja para la humanidad, todos te necesitan. Disfruta de Saú, él es para ti y tú para él, están destinados a siempre encontrarse, él también te ha acompañado siempre. Ya recordarás, mi niña preciosa, nuestra Kiro. Tan buena, tan bondadosa desde pequeñita. —Lyra extendió sus brazos, también sollozando. Me abrazó fuertemente y besó mi frente.

—Es momento de descansar. Mañana comenzaremos a trabajar con la división de grupos —expresó Candor.

Esa noche todos nos acomodamos en grupos y acampamos. Se respiraba serenidad, tranquilidad. Saú y yo nos escapamos un rato, sabíamos que mamá y papá nos protegían a todos.

Esa noche, fui feliz nuevamente en los brazos de mi Saú.

—Te amo —me expresó mientras miraba mis ojos fijamente.

XVII.

—Durante los pasados años, todos hemos vivido experiencias y travesías desagradables. La raza que gobernaba malintencionadamente ha sido destituida y enviada a un lugar del cual no podrá salir. Mi nombre es Kiro, me acompañan Saú, Asle, Dmitri, Candor y Lyra, todos venimos a asistirles en una transición. Hoy comenzará el gran cambio, no obstante, será uno lleno de retos. La humanidad está acostumbrada a un sistema impuesto, mas no correcto. Nosotros les dirigiremos en todo momento, les aseguro que juntos lograremos la tierra nueva, la prometida.

Esa fue la primera vez que me dirigí a los humanos. Había comenzado el cambio, me sentía segura de que todo comenzaría a fluir.

Comenzamos a trabajar, grupos fueron creados y la división se basaba en ir asignando roles a cada uno. Con voz firme, pero nerviosa, continué explicando:

—Seremos divididos en grupos. Cada grupo tendrá una encomienda distinta. El propósito será producir, generar suplidos, alimentos, entre otras cosas, e intercambiar todo aquello que necesitemos. Todos trabajaremos en conjunto por el beneficio de la raza humana y la sobrevivencia.

Grupo 1: Será el asignado a la siembra. Tenemos muchas tierras en el mundo entero para cultivar, de ahí obtendremos el alimento necesario para vivir. No habrá más necesidad, no habrá más hambre, el dinero ya no será importante, ya no tendrá valor.

Grupo 2: Estará a cargo de la ciencia natural. A este grupo se le enseñará todo lo necesario para mantener la salud e integridad física del ser humano. Serán adiestrados por Dmitri. Conocerán cada cualidad y propósito de las plantas existentes en la faz de la tierra exterior.

Grupo 3: Se encargará de la manufactura de toda vestimenta, todo lo necesario por cada integrante.

Grupo 4: Se les encomienda la mecánica.

Todo lo que requiera el uso de maquinarias que operarán con luz solar, incluyendo el transporte, será dirigido por este grupo.

Grupo 5: Será responsable de la educación a nuestros niños. Cada niño tendrá la libertad de seleccionar a qué grupo desea pertenecer. Una vez hayan alcanzado la adultez, deben integrarse a formar parte de nuestra nueva civilización.

Grupo 6: Serán preparados para conocer la ciencia y todas sus ramas.

Grupo 7: Se encargará de trabajar en la construcción de viviendas y fuentes de energía solares. El sol es una fuente maravillosa provista para nuestro uso, todo lo que hagamos deberá ser recibido de manera natural y de la misma manera debe ser regresada a su fuente original, así se creará un ciclo.

Grupo 8: Su misión serán los animales. En el momento indicado, se logrará la restauración de muchas especies y razas. Siempre se han visto como seres inferiores, han sido abusados, maltratados y minorizados. Los humanos deben entender que ellos, al igual que nosotros, evolucionan, existen, son. Ellos también cuentan con un propósito personal, deben ser tratados con respeto. No se comerán nunca más.

Grupo 9: Serán los responsables de nuestra seguridad, las normas, el control y el orden. No existirá más violencia entre ningún ser viviente. Este grupo será dirigido por Asle. ¿Quién mejor que Asle?

Comenzaremos la encomienda aquí, en Roma. Con el pasar de los años seguiremos creciendo como civilización y continuaremos esparciéndonos por el resto del planeta —culminé.

—Con ustedes permanecerá un escuadrón de seres que les asistirán en el proceso de aprendizaje. En nuestro mundo son especialistas en los temas mencionados por Kiro, ellos se encargarán de que su aprendizaje sea certero, exitoso, productivo y fructífero —comentó Lyra.

A mi lado estaban Saú y Asle, mamá y papá me acompañaban también. Dmitri y Akos estaban parados entre la multitud de humanos.

—Akos, has demostrado tener valentía. Aquel que sacrifica su propia seguridad por la de aquellos seres que ama, es considerado un héroe. Hoy quiero preguntarte si aceptas asistir a Asle con su grupo. Sé que serás su mejor alumno, eres un hombre honorable —pregunté, mientras miraba a Akos fijamente a los ojos.

Su esposa sostuvo su mano, él dirigió su mirada hacia ella recibiendo una señal de autorización de su parte al mover la cabeza. Akos se inclinó hacia ella y la abrazó. Lo mismo hizo con su hijo, besando su cabeza.

—Para mí será el honor más grande aceptar. Unidos trabajaremos por la causa más noble y justa en la historia de la humanidad. Estoy dispuesto. Con ustedes, siempre. —Akos llevó su mano derecha al pecho, justo encima del corazón. Le sonreí.

—Yo estaré entre todos los grupos. Mi misión es encaminarlos —dije. Comenzamos a organizarnos, cada uno de nosotros se hizo cargo de un grupo y así fuimos dando forma a nuestro nuevo estilo de vida. Varios seres provenientes de Agartha llegaron y se unieron en el trabajo, asistieron en la educación de cada grupo, poco a poco fluían mejor.

Había pasado ya un mes, los días habían pasado rápido, siempre había algo por hacer. Día a día todos aprendían lo necesario para lograr un funcionamiento pleno. Durante los días transcurridos, Saú y yo habíamos creado una afinidad increíble. Todo se notaba más estructurado.

El día de hoy estaba lluvioso, caminé hacia un pequeño bosque maltratado y observé todo a mi alrededor. Había silencio.

Candor, quien había pasado la mayor parte de su tiempo con Asle y Akos, estaba cerca. Se acercó a mí. Sus hermosos ojos color aguamarina brillaban, reflejaban valentía. Observé cuando levantó su mano y con el dedo índice señaló el bosque que estaba detrás de mí.

—Es tiempo de restaurar este hermoso lugar. La alta contaminación que hubo aquí los fue matando poco a poco. Tú eres luz, vida y creación, Kiro.

Sostuve su mano.

—Juntos lo haremos —le mencioné.

Ambos nos arrodillamos en el suelo. Candor colocó ambas manos en la tierra poco fértil, yo hice lo mismo. Quedamos de frente.

—La magia nace de mí. Con el poder que me conceden los cuatro elementos, el éter y la vida, solicito que esta tierra se haga fértil. Quedarás restaurado, por el poder de la belleza plena que emana de ti, querido bosque.

Noté cómo las piedras preciosas en mis sortijas se iluminaron, una luz emanó de cada una de ellas y fue dirigida por mí hacia el bosque. Sentí cuando mis ojos se iluminaron y comencé a elevarme en el aire. A cada minuto, la luz que salía de las piedras era más intensa. Continuó recorriendo aquel bosque.

Los árboles comenzaron a verse frondosos, muchos se llenaron de flores. Ahora el bosque no era igual de pequeño, se había extendido a varios kilómetros.

—Observa, Kiro. —Escuché la voz de Lyra, quien estaba parada a nuestro lado. Había llegado y había presenciado aquel hermoso acontecimiento.

Busqué con la mirada lo que ella señalaba. Junto a aquel bosque, había cientos de vimanas. Cada una contenía una pequeña placa en cristal, cada placa de cristal brillaba, todas con un color distinto.

—¿Qué es? —pregunté a mi madre.

—Cada placa contiene ADN de cada especie animal que una vez existió. El contenido genético es del macho y la hembra, fueron obtenidas mucho antes de que los Lacerta trajeran consigo destrucción y han permanecido escondidas dentro de una montaña. Es momento de restaurar a nuestros fieles compañeros, ellos también tienen su misión para cumplir en este mundo. Te corresponde asistir al grupo 8 en su regreso — expresó Lyra.

—Qué alegría. Gracias, será un honor para mí hacer esto posible.

—Hija, debemos regresar a Atlantis. Siempre que lo desees, puedes regresar a casa. Estamos muy orgullosos de ti, de quién eres y de lo que naciste para hacer. Tu potencial y gran intuición te guiarán y acompañarán siempre. Recuerda que no estás sola.

Candor se acercó a mí y me abrazó fuertemente.

Lyra sostuvo en sus manos mi cabello, hizo una trenza y la llenó de flores, aquellas que ahora adornaban los árboles que nos rodeaban.

—Hermosa.

Antes de irse, ambos me miraron. Lyra colocó su mano derecha en sus labios y me sopló un beso.

—Sé que en algún momento regresaré a casa, pero ahora debo permanecer aquí. Hay mucho por trabajar, cambios deben continuar sucediendo. Gracias por siempre guiarme —les sonreí.

Candor sostuvo a Lyra de la mano, juntos abrieron un portal y desaparecieron en él.

Yo me dirigí hacia el grupo 8. Las vimanas me seguían. Saú y Dmitri se encontraban trabajando en ese grupo hoy. Durante el tiempo transcurrido, Saú había dedicado todos los días a enseñar a cada grupo. Su conocimiento era amplio.

—Ven, Dmitri y yo queremos mostrarte algo. —Saú me sostuvo de la mano, dirigiéndome hacia una pequeña loma.

Dmitri sacó una computadora de su mochila y utilizándola, ordenó a la loma que se abriera en dos partes. Dentro, había cientos de cajas de cristal.

—Hace dos días, Lyra nos comentó que creáramos estas incubadoras. —Dmitri entró, Saú y yo le seguimos—. Sabemos que te entregó el código genético para traer de regreso la fauna —continuó Dmitri.

Sonreí.

—Hagámoslo

Cuidadosamente, Saú, Dmitri y yo colocamos el ADN de cada pareja animal en su respectiva cajita. Nos tomó poco tiempo hacerlo, una vez terminamos, Dmitri cerró la loma. Todos quedaron adentro en espera de su momento. Cada uno tardaría en desarrollarse justo el tiempo de su ciclo de gestación.

Yo toqué la loma con ambas manos, cubriéndola con un halo de luz lila. Entonces, fue en ese preciso momento que comenzó su desarrollo.

Los integrantes del grupo 8 recibieron la preparación necesaria de parte de Dmitri para la protección y cuidado de estos seres.

XIX.

Saú y yo recorrimos el mundo.

Muchos años habían trascurrido, el sistema que se había logrado formar había sido muy eficiente. Cada grupo ahora existía en varias partes del mundo y todos haciendo su labor perfectamente.

Ahora el intercambio fluía, la civilización fue organizada de tal manera que sola continuaba su rumbo. El medio de transporte que Dmitri había diseñado acaparaba la mayor parte del mundo, sin contaminación, sin toxicidad, sin destrucción. Continuamente realizábamos recorridos en varias partes del mundo, asistiendo, adiestrando, educando.

Hoy nos encontrábamos en las islas gemelas ubicadas en el océano Pacífico, ambas divididas por un largo camino angosto ubicado entre ellas. Caminábamos agarrados de la mano.

Su cabello era blanco, su piel cada vez mas flácida. Mi gran amor, con el paso de tantos años, había envejecido. Su mitad atlanteana lo hacía longevo, su mitad humana lo hacia mortal. Saú se quedó junto a mí todos estos años y ni una sola vez pensó en regresar a Agartha, donde no hubiera envejecido.

En el planeta Tierra exterior hay muchos cambios aún por trascurrir, mucho tiempo debe pasar antes de alcanzar la mayor parte de las cosas que deben suceder. Las enfermedades, todas, tienen cura, pero aún siguen existiendo. El envejecimiento ahora es más lento, pero todavía es un proceso considerado natural. Como la ley de la causa y el efecto, mientras la humanidad no haya despertado en un cien por ciento, estos procesos aún sucederán.

El despertar es un proceso de transición, transformación interior, el cual dirige a la concientización. Hay muchas realidades que siempre han estado presentes sin poder ser apreciadas por la humanidad.

Asle siempre me acompaña.

—Kiro, debo presentarte al encargado del grupo 1 aquí en las islas gemelas. Se ha convertido en excelente agricultor, sus cosechas son exquisitas y abundantes —comentó Asle, quien vestía de blanco, siempre con su espada en la espalda. Sus pies descalzos disfrutaban de la tierra.

Caminamos hacia el área de siembras, allí un hombre de piel oscura me miraba desde lejos.

Saú y yo nos acercamos.

—Él es Miguel —Asle lo señaló.

—Saludos para usted, es un honor conocerle. – saludó Miguel.

Miguel vestía de blanco también, su cabello era corto y negro. Su cuerpo era alargado, delgado. Llevaba en el cuello cadenas en oro en representación a sus cosechas.

—Un placer conocerte, Miguel. Él es Saú, mi amado.

Saú alzó la mano en sinónimo de saludo, Miguel le correspondió.

—He recibido ayuda de mis hermanos y mi esposa, quienes también son responsables de las cosechas. Los tres tienen amplio conocimiento. —Miguel buscó con su mirada, hasta que logró ubicarlos.

Dos hombres altos, de piel clara, nos miraban desde lejos. Miguel les hizo señales para que se acercaran a nosotros, ambos lo hicieron.

Algo en ellos me parecía especial, su esencia llamaba mi atención. Nos saludaron y charlaron con nosotros, nos explicaron nuevos métodos utilizados por ellos para el cultivo los cuales habían dado excelentes resultados. Luego de un rato se acercó una mujer delgada, de piel canela, cabello largo, negro. Tenía un pañuelo en la cabeza y junto a ella, una niña muy hermosa.

—Kiro, ella es mi esposa, Alba.

Alba me miró fijamente. Cuando nuestras miradas conectaron, sentí una leve sensación de nostalgia.

—Hola, Kiro. Es un placer conocerte, mi nombre es Alba. Ella es mi niña, Evangelín.

Mis ojos se aguaron, eran ellos, juntos otra vez, escribiendo una nueva historia. Son felices.

Sostuve la mano de Alba.

—¿Me permites? —pregunté.

—Sí.

Coloqué mi dedo índice entre sus cejas y luego de unos segundos, me abrazó sollozando.

—Dicen que cuando uno regresa a este plano, a vivir una vida nueva, con una nueva identidad, con una nueva misión y propósito, debe hacerlo sin recordar lo previamente vivido. Esto es para evitar que esos recuerdos interfieran en el nuevo aprendizaje. Aun así, sin que recuerdes todo lo que viste, una vez pasó. Sé que continuaremos escribiendo nuevas historias juntas. Pronto podrás recordarlo todo —le expresé.

Esa noche cenamos todos juntos, bailamos y reímos.

Durante la mañana siguiente, Saú y yo decidimos cruzar el camino hacia la otra isla hermana. El mar estaba tranquilo, sereno. El Sol brillaba con todo su esplendor.

—Sabes que siempre te he amado —me expresó mientras me miraba fijamente a los ojos. Saú no dejaba de ser apuesto. Mi físico seguía siendo el mismo, a pesar de todos los años transcurridos, casi un siglo. Ya su cuerpo humano estaba cansado—. Eventualmente tendré que irme, Kiro. Es parte del ciclo de vida del ser humano.

Yo no podía evitar que Saú se fuera, es ley de vida, solo los inmortales poseían la capacidad de mantener su cuerpo físico intacto. Aun sabiendo todo esto, no dejaba de dolerme su pronta partida.

Continuamos caminando un largo rato por el camino hasta llegar a la otra isla hermana.

El agua de mar estaba cristalina, la isla estaba solitaria, como de costumbre. Cada vez que estábamos en esta parte del mundo, la visitábamos.

—¿Quieres entrar conmigo al agua? —preguntó él.

—Sí, mi amor.

No podía negar que mi alma sollozaba en silencio. ¿Cuántos años tendría que esperar para volver a verlo? ¿Me recordaría en ese entonces?

No podía pensar en que Saú se me estaba yendo, vivir en un mundo sin él sería un verdadero reto. Solo podía esperar.

Ambos entramos al agua desnudos, Saú sostenía mis manos y me miraba fijamente.

—Donde quiera que estés, te encontraré y me encontrarás. Tú me reconocerás y me buscarás, harás lo necesario para hacer que yo te recuerde y si no, nos volveremos a enamorar. Con tan solo mirarte a los ojos una sola vez, sabré que eres para mí y yo para ti. Nuestro amor será como un imán que se encuentra y se atrae, sin importar la distancia y acontecimientos en ese momento de nuestra existencia. Yo fui hecho para ti y tú para mí —expresó Saú.

Sentí cuando por mi abdomen subió una corriente y se alojó en mi garganta, sentí un fuerte nudo y no pude aguantar las ganas de llorar. Me lancé hacia él y lo abracé muy fuertemente, así estuvimos varios segundos.

Mientras Saú y yo nos abrazábamos vi a lo lejos, en el mar, un objeto flotante.

—Se acerca algo a nosotros —comenté.

Las olas del mar bailaban, junto a ellas llegó a mí una caja dorada. Sostuve la caja con ambas manos, en su exterior tenía un mensaje escrito:

"Para llevar a cabo grandes acontecimientos, es necesaria la dualidad. A lo que se forma con la base fundamental del amor, todo le es posible. El amor puede transformarse, mas nunca ser destruido. El contenido de esta caja se le otorga a aquel que con sus actos ha demostrado ser digno de ella, aquel que nunca ha deseado o anhelado tenerla, puro de corazón. Esto no es un derecho con el cual naces, sino un galardón que debe ganarse. Kiro, tú sabes exactamente lo que tienes que hacer. Candor y Lyra".

Miré a Saú, luego la abrí. Una luz brillante resplandeció de ella. Adentro yacía un fruto del árbol de la vida, aquel que otorgaba la inmortalidad.

XX.

Sonreí.

Verdaderamente, sonreí.

Saú me sostuvo con ambas manos por la cintura y me levantó, ambos reíamos. Mi corazón se llenó de alegría, lo besé.

Salimos del agua, rápidamente nos vestimos.

—¡Ven! —Agarré su mano derecha y lo dirigí hacia un pequeño bosque en la misma isla gemela.

Nos rodeaban muchos árboles; había uno grande, muy grande. Una vez escuché que cada árbol es la representación de un mago, cada uno tiene un poder especial.

—Este árbol, hoy, será testigo de uno de los acontecimientos más hermosos que pueda alcanzar un ser humano: la inmortalidad. No es solo la vida longeva, sino también el premio que se obtiene por haber realizado todo lo que nos fue encomendado. Llevará el nombre de Aquiles.

Saú recopiló varias ramas secas del mismo árbol y las colocó frente a la base.

—¡Enciende! —Las ramas se encendieron con llamas de fuego—. El fuego representa tu transformación, tu fuerza, tu valentía, tu recorrido, tus experiencias. Tú. —Me paré frente a él en todo momento con la caja dorada en mis manos—. Extiende tus manos. —Al Saú extenderlas, coloqué la caja en sus manos—. Cierra tus ojos.

—Su rostro cansado expresaba amor puro, felicidad y confianza—. Ancestros mayas, atlanteanos y agarthanos, hoy se le concede a Saú el galardón de la inmortalidad a través del fruto del árbol de la vida. Ancestros, hermanos, elementos, Sol, luna, dioses, agradezco al universo por servirnos de guía en esta misión. Hoy, la misma debe continuar. Saú, el universo me concede el honor de entregártelo.

Saú abrió la caja y sostuvo el fruto con su mano derecha, luego lo mordió. Comenzó a elevarse, su cabello se tornó castaño oscuro otra vez, sus arrugas desaparecieron, sus hermosos brazos retomaron su musculosa forma, sus ojos almendrados se habían tornado color aguamarina, llenándose de luz.

El árbol Aquiles se había llenado de flores rosadas.

Sonreí al verlo.

Los pies de Saú regresaron al suelo, había recuperado su juventud.

—Tus ojos —murmuré.

Saú sonrió al escucharme, se acercó a mí y me levantó.

Era inexplicable la felicidad que ambos sentíamos, nuestra misión era continuar cambiando el mundo, juntos.

Pasamos nuestro día en la isla, solos. Esa noche el mar se iluminó, microorganismos bioluminiscentes adornaban aquel hermoso oleaje. Era la noche perfecta, el cielo estaba estrellado y la luna llena.

Saú señaló hacia el cielo.

—Nuestra constelación favorita, Orión —comentó. Su rostro en todo momento con una sonrisa.

El fuego aún ardía, las llamas bailaban con el viento.

—Quiero aprovechar el momento para decirte algo, Saú. Estoy convencida de que tenemos mucho camino por recorrer, años de cambios. Hasta ahora lo hemos logrado y así será siempre. Desde que te conocí, supe que la conexión que sentíamos iba más allá de una simple atracción física. Nuestros caminos están destinados a siempre encontrarse.

La inmortalidad no exime la reencarnación, la cual es parte de nuestra evolución personal como individuos no solo en este planeta, sino en todos. —Dirigí mi mirada hacia mi mano izquierda y retiré de mi dedo el anillo de diamantes que llevaba conmigo. La corona de cristal de serafín sería el enlace que nos conectaría siempre. Sostuve su mano izquierda y le coloqué el anillo—. Con la luna llena y las estrellas de testigos, concreto nuestra unión. Nuestro amor será el creador de acontecimientos grandes, juntos lograremos cambios por el bien de la humanidad y del planeta Tierra —expresé.

—Hecho está —confirmó Saú besando mi frente.

Entonces la luna llena, las estrellas, el mar, el fuego y la noche fueron testigos de nuestra unión, nuestro amor y nuestra pasión.

Al otro día, ya habíamos regresado a la otra isla gemela. Asle y Dmitri nos esperaban.

Asle se acercó a mí.

—Es tiempo de activar el código que permitirá a una gran parte de la humanidad ser parte del cambio. Saú y tú deben dirigirse hacia la cima de esa montaña, allí deberán hacer el llamado a todos nuestros hermanos y hermanas estelares. La sincronización debe llevarse a cabo hoy, este es un paso vital hacia la nueva fase —comentó Asle, señalando una montaña que quedaba cerca de donde nos encontrábamos—. Saú, tu don es importante en este proceso.

—Gracias, siempre —expresé.

Saú y yo nos dirigimos hacia la montaña. Una vez habíamos alcanzado la cima, nos paramos uno al lado del otro. Veíamos el mar.

Juntos haríamos el llamado a un despertar, enviaríamos una señal, la cual viajaría en ondas vibratorias. Había llegado el momento de despertar a aquellos que fueron enviados al planeta Tierra con una misión. Es tiempo de comenzarlas, es tiempo de recordar quiénes somos, es tiempo de recordar lo que hemos vivido, es tiempo de recordar de dónde provenimos y para qué hemos venido.

Saú y yo nos paramos de frente al mar, ambos elevamos nuestras manos hacia el frente.

—Con el poder que me conceden los elementos aire, fuego, tierra, agua y éter, con el poder de la dualidad, del equilibrio, del balance, del cosmos y universo, ordeno a todos nuestros hermanos estelares a despertar.

Despierta, bruja verde, bruja guardiana, bruja del cerco, bruja cósmica, elemental, mujer, diosa.

Despierta, curandero.

Despierta, semilla estelar.

Despierten, hijas de Hécate, hijos de Poseidón, hijos de Zeus, hijos de Atenea y todos los dioses guardianes.

Despierten, tribus indígenas, aquellos que por muchos años fueron callados y obstaculizados.

Despierten, pleyadianos, arcturianos, lyranos, felinos, avianos, veganos, hijos de Orión, andromedanos, hijos de Sirius y todos los encarnados en este cuerpo físico, en esta dimensión, en esta realidad y existencia. Todos los que aquí hoy estamos con un mismo propósito, despierten. La hora ha llegado.

Mis ojos se iluminaron, una corriente muy grande emanaba de mí. Coloqué ambas manos en el pecho de Saú, él elevó sus manos al cielo y con gran fuerza las dejó caer al suelo. Un gran estruendo se escuchó. La fuerza de Saú creó una enorme ola de ondas vibratorias las cuales viajarían a toda velocidad, alcanzando a todo aquel cuyo propósito fuera crear el nuevo mundo junto a nosotros.

Aún hay más de lo que podemos ver, aún hay más de lo que podemos escuchar. Las vendas en los ojos caerán, permitiéndonos ver la realidad del ayer, del hoy y del mañana.

KIRO

Génesis Enid Rosado Tirado

Recuerda, mi querido lector, cada uno de nosotros es el escogido en nuestro propio mundo. Todos somos Kiro, todos somos luz.

Gracias.

Agradecimiento Especial

Agradezco grandemente a todo el personal de Ibukku editorial, quienes han trabajado extraordinariamente junto a mi para hacer posible esta publicación.

Gracias al Sr. Luis Crowe, CEO de Ibukku, quien ha sido muy profesional en su labor, manteniendo contacto directo durante esta travesía. Gracias al Sr. Ángel Flores Guerra por el magnífico diseño de la portada y a Zyan J. Barquín por la edición.

Génesis Rosado

Made in the USA
Columbia, SC
06 June 2022